편견도
두려움도
없이

◡◡

편견도
두려움도
없이

곽정은 지음

한국에서 여자로
살아간다는 것에 대하여

나와 같은 시절을 지나고 있는
이 땅의 여자들에게

한국에서
여자로 살아간다는 것에
대하여

"에잇, 아침부터 재수가 없으려니깐. 왜 하필 여자가……."

어린 시절, 부모님이 운영하시던 작은 페인트 가게에 오전부터 나가 있다보면, 가끔 아빠는 화난 표정으로 이런 말을 하며 안쪽에 있는 사무실로 들어오곤 했다. 내 친구 미미를 갖고 인형놀이를 하거나 웅진아이큐 같은 학습지를 풀다가 듣게 되던 아빠의 화난 목소리는, 아직은 어린아이였던 나에게 알 수 없는 불편한 감정을 일으키곤 했다.

아빠는 왜 첫손님이 여자이면 재수가 없다고 말하는 걸까? 나도 여잔데, 그럼 나도 다른 가게에 첫손님으로 가면 안 되는 걸까? 남자는 괜찮은데 여자는 왜 재수가 없는 사람인 걸까? 근데 정말 오늘 재수가 없어서 장사가 잘 안 되면 어쩌지……. 수많은 생각들이 꼬리를 물었지만 나는 그저 어린아이였고 아무런 대답도 찾을 수 없었다. 그저 여자는 어딘가에 아침 일찍 가면 안 되는 건가봐, 나도 피해를 주면 안 되니까 아침 일찍 돌아다니지 말아야겠다고 결론 내렸을 뿐.

평생을 바쳐 삼남매를 위해 몸이 부서져라 일을 하고 돈을 벌었던 아빠를 비난하고 싶은 마음은 없다. 다만 아빠도 그러한 사회적 편견, 여성을 향한 편견 어린 시선의 피해자였다는 것은 밝혀두고 싶다. 첫손님이 여자면 그날 장사를 망친다는, 지극히 여성혐오적인 이 속설을 믿지 않는 아빠였다면, 아빠는 장사하는 날의 절반을 기분좋게 시작했을 것이기 때문이다. 나는 다만 아빠가 스스로 잃어버렸을 그 아침의 웃음이 애석하다. 편견은, 타인의 삶을 위축시키는 동시에 자신의 삶도 위축시킨다.

한동안 잊고 있었던 어린 시절의 기억이 나도 모르게 또렷하게 떠오른 것은 최근의 일이다. 그 어느 때보다도 여성과 남성에 대한 담론이 폭발적으로 증가했고, 나 역시 여성으로서의 내 삶에 대해 고민하는 시간이 많아지면서 여성을 향한 편견에 대해 주목하게 되었다. 여자는 이래서는 안 돼, 여자는 좀 이래야 해, 왜 하필 여자가……. 내가 여성으로 태어났기 때문에 경험하게 되는 수많은 편견과 금기가, 한 인간으로서 자아를 위축시키는 것에 대해서도 생각해보게 되었다.

여성으로서의 사회화는, 아주 어렸을 때부터 성인이 되고 나서까지도 각자의 자존감에 많은 부분 부정적인 영향을 끼친다. 다만 그것이 '문화'라는 이름으로, '보편적'이라는 이름으로 너무도 교묘하고 자연스럽게 우리 삶에 스며들어 있기에 '원래 그런 것인가보다' 하고 받아들여져왔던 것일 뿐.

많은 사람들은 쉽게 말한다. 여자들 살기 참 좋아졌다고, 요즘은 여자들이 훨씬 더 잘나간다고. 하지만 정말 그럴까? 남녀 임금 격차는 2000년 이래로 OECD 가입국 중 1위를 기록하고 있고, 여성을 상대로 한 성범죄는 날로 증가하는 추세이며, 출산과 양육으로 인한 경력 단절은 온전히 여성의 몫이고, 여성을 향한 다양한 편견은 그대로 존재한다.

여전히 여자들은 도로에서 "여자가 운전하니 저렇지"라는 말을 듣고, 아침 출근길에 어렵게 잡아탄 택시에서 "원래 첫 손님으로 여자 안 태우는데 아가씨가 급해 보여서 특별히 태워준 거야"라는 말을 듣는다. 내가 다섯 살 때 경험했던 편견 가득한 세상과 지금의 세상은, '살기 좋아졌다'는 표현을 쓰기엔 아직 너무 많이 닮아 있다.

이 책은 아주 어린 시절에 내가 여성으로서 경험했던 이야기부터, 방송을 통해 얼굴을 알린 후에 내가 생각하게 된 많은 것들까지 모두 담고 있다. 평범한 집의 막내딸로 태어나 학창 시절을 거쳐, 삶의 크고 작은 골짜기를 지나 비로소 일인분의 몫을 다하게 되기까지, 내가 목격하고 내가 감당해야 했던 여성으로서의 삶을 기록한 것이다. 또한 여성으로서의 내 자신을 인지하고, 나와 같은 여성들을 위해 내 힘을 보탤 것이며, 생각을 말하는 여자로 당당하게 목소리를 높일 것을 선언하는 일 그 자체이기도 하다.

한국에서 여자로 살아간다는 것이 쉽지만은 않았지만, 다음에 올 세대는 좀더 간편하게 평등이라는 가치를 손에 쥐기를 바란다. 그것이 모두를 위하는 일이기 때문이다. 글 하나하나를 쓰고 마무리하는 일이 결코 수월하지 않았지만, 그렇기에 용기 내어 쓸 수 있었음을 고백해야 할 것 같다. 모든 인간은 평등하다는 가치만큼 소중한 것이 없기 때문이다. 편견 없는 세상에서, 두려움 없이 살아가기 원하기 때문이다.

CONTENTS

prologue
한국에서 여자로 살아간다는 것에 대하여 006

산부인과 문을 열고 들어간다는 것에 대하여 017

임신을 중단할 권리에 대하여 022

타인의 외로움을 인정한다는 것에 대하여 026

섹스는 연애에 있어 필수인가에 대하여 031

여자 나이 스물 서른 마흔에 대하여 038

이혼한 여자가 연애 상담을 한다는 비난에 대하여 042

설현과 설리, 그 시선의 차이에 대하여 047

성형 수술대에 오른다는 것에 대하여 1 054

성형 수술대에 오른다는 것에 대하여 2 060

'여자의 적은 여자'라는 말에 대하여 064

강남역 여성 살인사건에 대하여 070

혼자 사는 여자의 주거에 대하여 074

성추행 옴니버스 영화 같은 여자의 삶에 대하여 079

규정짓기 좋아하는 남자에 대하여 086

뻔하디뻔한 결혼식 풍경에 대하여 093

'어장 관리'라는 단어에 대하여 099

텔레비전을 볼 때마다 느끼는 유감에 대하여 102

방송가에 출현한 새로운 바람에 대하여 108

아이를 낳아 키우는 대신 하고 싶은 일에 대하여 112

택시 기사 트윗 그 이후의 변화에 대하여 118

웃지 않는 여자에 대하여 124

데이트 폭력에 대응하는 태도에 대하여 127

한 달에 한 번 생리를 겪어내는 몸에 대하여 133

성을 구매하겠다는 남자에 대하여 140

여성복 매장에서 느낀 씁쓸함에 대하여 143

입고 싶은 대로 입을 자유에 대하여 149

스스로 고백하는 패션 매거진의 한계에 대하여 155

여자에게만 건네는 요상한 질문에 대하여 162

스스로 만족할 수 있는 섹스에 대하여 165

잠자리 횟수를 이야기하는 방법에 대하여 172

식습관 조절로 얻은 기쁨에 대하여 174

여자의 몸을 훑고자 하는 시선에 대하여 180

운동하는 삶으로의 변화에 대하여 185

참을 수 없는 2016년 성교육에 대하여 191

여배우 불륜 스캔들을 바라보는 시선에 대하여 197

담배 피우는 여자에 대하여 202

연하의 남자와 연애하는 일에 대하여 207

돈과 연애 그리고 결혼에 대하여 211

떳떳하고 순수한 욕망에 대하여 216

메갈리아냐는 물음에 대하여 218

부당한 폭력에 맞선다는 것에 대하여 226

내가 후회하는 것들에 대하여 230

혼자 떠나는 여행의 즐거움에 대하여 233

강아지와 함께 사는 삶에 대하여 239

나 자신을 사랑한다는 것에 대하여 245

epilogue

엄마에게 그동안 하지 못했던 이야기에 대하여 254

산부인과 문을
열고 들어간다는
것에 대하여

몇 년 전, 한 유명 방송인을 만나 인터뷰를 할 일이 있었는데, 그러던 중 그녀가 털어놓은 이야기는 이러했다.

"사실 산부인과에 한 번도 가본 적이 없어요. 아무래도 얼굴이 알려져 있다보니까, 잘 안 가게 되더라고요."

당차고 똑 부러지는 이미지의 그녀가, 단지 사람들의 시선이 불편하다는 이유로 진료를 포기했다는 이야기를 듣고 나서 솔직히 좀 많이 놀랐다. 그리고 의아했다. 아픈 건 잘못이 아닌데, 다른 사람이 나를 어떻게 생각하든 나의 건강이 가장 중요한데, 왜 병원에 가는 일을 눈치보고 주저할까. 아무리 얼굴이 알려져 있다 하더라도 산부인과가 그렇게까지 부담스러운 곳인가?

하지만 그 대화로부터 몇 년이 흐르고, 나도 그녀처럼 방송을 통해 대중에게 얼굴이 알려지고 난 후 비로소 그녀의 불편함을 이해하게 됐다. 평범한 직장인일 때에는 제법 편하게 방문할 수 있었던 산부인과를 가능한 한 사람들이 몰리지 않는 시간대에 가게 되었고, 그마저도 안경이니 모자니 하는 소품을 챙겨가기 시작했다. 물론 이건 누군가 그곳에서 나를 알아봐서 좋을 것이 없다는 생각이 들었기 때문이다. 하지만 그래도 내 얼굴을 알아보는 눈썰미 좋은 사람들은 여지없이 있어서, 한번은 어떤 환자가 간호사에게 이렇게 물은 적이 있다고 한다.

"방금 저 여자 곽정은씨 맞죠? 왜 왔대요?"

마치 오지 말아야 할 곳에 온 사람을 본 것처럼, 그녀는 스스로의 호기심을 숨김없이 드러냈으리라. 간호사는 환자의 프라이버시 보호 차원에서라도 "곽정은씨 아니에요"라고 말해주었지만, 아마 그녀는 '오늘 ○○산부인과에서 곽정은을 봤다'고 친구들에게 단체톡을 보냈을지도 모르겠다.

산부인과에 들른 여자들 자신조차, 같은 공간을 찾은 다른 여자의 신상과 방문 이유를 은근히 추측하거나 편견을 덧씌워 상상하는 것은 사실 어제오늘의 일도, 내가 얼굴이 알려진 사람이라서 특별히 경험한 일도 아니다. 예전과 분위기가 많이 달라졌다고는 하지만, 기혼 여성이 아닌 여성에게 산부인과란 여전히 꺼려지는 장소다. '산부인과를 찾는 여자=성경험이 있는 여자'라는 머릿속 묘한 등식은 가부장제가 여성들에게 주입한 뿌리깊은 순결 이데올로기와 결합해 병원을 찾은 스스로에게 수치감을 소환하곤 한다.

언젠가 생리통이 심해 산부인과를 주기적으로 찾는다던 고등학생의 에피소드를 들은 기억이 난다. 병원 대기실에서 주변 사람들의 수군거림과 묘한 시선이 부담스러워 일부러 큰 소리로 "어, 나 생리통 때문에 병원 왔잖아"라고 친구와 통화하는 척을 해야 했다던. 이쯤 되면 산부인과는, 여성의 다른 여성을 향한 편견이 가장 강력하게 작용하는 장소가 되어버린다. 건강을 위해 찾았지만 도덕적 판단의 대상이 될 수 있는 기묘한 곳.

'몸을 함부로 하면 안 된다' '자기 몸을 소중히 해야 해'라는 이야기를 살면서 얼마나 많이 들었던가. 사람이면 누구나 자기 몸을 소중하게 대해야 하는 것인데, 남자들에게 '몸을 소중히 하라'고 조언하는 건 들어본 적이 없다. '소중히'의 의미가 단순하지 않기 때문이다. 여자에게 '몸을 소중히 하라'는 말은 사실 함부로 남자를 만나 몸을 굴려서는 안 된다는, 그 표현 자체만으로 편견이 가득 배어 있는 도덕적 명령에 가깝다. 남자는 원래 욕구를 잘 못 참는 동물이지만, 여자는 그런 남자들 틈에서도 몸을 잘 간수해서 남편이 될 사람에게 주어야 한다는 논리가 숨어 있음을 부정할 수 없다.

또한 산부인과에서 여자가 여자를 바라보는 의심스러운 시선이, 그리고 문제가 생겨서 그곳을 찾은 본인의 위축된 태도가 그것을 증명한다. 여자를 많이 만난 남자는 '많은 여자를 거느렸다'고 표현하지만 남자를 많이 만난 여자는 '이 남자 저 남자 가리지 않고 만난 걸레'라는 표현마저 익숙한 사회. 산부인과에 자주 왕래하는 여자를 몸을 함부로 한 여자와 동일하게 보는 시선은 어쩌면 당연한 것일지 모른다.

하지만 이런 시선을 감당할 이유란 없다. 단호하게 거부하고 스스로에게 질문해야 한다. 누가 내 몸에 대해 이래라저래라 할 권리가 있나? 유독 여자의 성적 경험을 죄악시하는 시선은 어째서 가능한가?

'몸을 소중히 해야 한다'고 자신의 딸에게 조언했을 엄마들에게 묻고 싶다. 그리고 사회에게, 그리고 산부인과에서 나를 흘깃거렸던 시선들에게 묻고 싶다. 당신에게 '소중하다'는 것은 어떤 의미인가요? 누구를 위해서 소중히 해야 한다고 말하고 싶은 건가요? 나의 성적결정권과 쾌락추구권을 부정해야만 얻어지는 '좋은 여자'의 타이틀이라면, 나는 그냥 나쁜 여자로 평생 사는 쪽을 택할 겁니다.

자기 몸을 소중히 한다는 말은, 이제 단어의 일차적이고 본질적인 의미로 돌아가야 한다. 내 몸을 지켜보고, 잘 관리하며 내 몸이 행복할 수 있도록 노력하는 것이 전부여야 한다. 그러므로 그건 누군가의 편견 어린 시선이나 사회적 도덕적 규율과는 상관없이 오직 자기 자신의 몸을 위하는 무엇이어야 한다. 언젠가 아이를 낳을 몸이니까, 그게 도덕적이니까, 사회에서 좋은 여자라는 이야기를 들을 수 있으니까, 남자들로부터 비난받지 않을 수 있으니까 하는 이유들이 아니라, 그저 내 몸이 내 것이고 그 몸을 잘 누릴 권리가 나 스스로에게 있기 때문이다.

그러기 위해, 자기 몸에 대해서 문자 그대로 잘 알아야 한다. 내 몸에 일어나는 변화들을 예민하게 주시하고, 몸의 소리에 귀를 기울이기 위해서는 자기 몸에 대해 제대로 공부해두어야 한다. 편하게 들를 수 있는 산부인과를 한 곳 정해두고 정기검진도 거르지 말아야 한다. 나의 생리주기에 따라 몸과 심리 상태가 어떻게 변해가는지도 섬세하게 체크할 필요가 있다. 청결하지 못한 채 하는 섹스는 여자에게 더 많은 질병을 야기하기에, 깨끗하게 씻고 하자고 당당히 요구해야 한다. 자궁경부암 백신에 대해서 자신의 파트너와도 허심탄회하게 이야기 나눌 수 있다면 좋겠다. 어쩌면 나중에 임신을 할지도 모를 몸이라서가 아니고, 앞으로 태어날지도 모를 아이를 위해서도 아닌, 그냥 내 몸은 그 자체로 소중하게 관리해야 하기 때문이다. 또한 내 몸을 대충 방치하면서 내 몸의 주인이 될 수는 없다.

진정한 몸의 기쁨이란, 어디서 올까? 나는 그 기쁨이 스스로를 사회의 시선에 의해 억압받지 않고 자기 몸의 상태에 제대로 집중하는 사람에게만 허락되는 무엇이라고 본다. 앞으로 몇 년을 살든, 내 몸이 기쁠 권리를 두 손 가득 쥐고 사는 여자이고 싶다. 누가 뭐라 해도, 내 행복은 내 것이니까.

임신을
중단할 권리에
대하여

낙태는 언제나 뜨거운 이슈 그 자체였다. 그리고 최근에 다시 많은 사람들의 관심사로 떠오르고 있다. 보건복지부가 불법 낙태수술을 비도덕적 진료행위 유형에 포함시키면서, 낙태수술을 시행한 집도의에 대한 처벌 수준을 강화한다는 내용을 입법 예고했기 때문이다. 이에 대해 산부인과의사회는 '개정안 시행 시 낙태수술 전면 중단'이라는 입장을 표명했고, 이것은 결국 여성단체를 비롯해 많은 여성들이 거리의 시위에 나서는 기폭제가 되었다. 일명 '검은 시위'라고 불리는 이 시위는 여전히 현재진행형이며, 낙태 처벌 강화와 낙태죄 폐지라는 첨예한 입장 차이가 남아 있는 상태다.

그러나 여성이 '임신을 중단할 권리'라는 말 자체가 이제야 새롭게 제시된 표현일 정도로, 우리 사회에서 이것은 이야기하는 것 자체가 쉽지 않은 주제였다. 성에 대한 논의 자체를 금기시하는 사회에서 '원치 않는 생명'에 대한 논의가 제대로 이루어질 리도 없었겠지만 말이다. 그러나 이것이 그저 태아가 생명이냐 아니냐에 대한 논쟁일 뿐일까? 한 여성의 몸과 인생에 영구적으로 영향을 미치는 일. 이런 일에 대해 여성이 제대로 주체가 되어 발언한 적이 있었나? 언제나 이것은 '생명논쟁' 혹은 '도덕논쟁'에서 그쳤고 거기에 여성의 존재나 삶은 고려 대상이 아니었다. 그리고 여성은 발언권도 없었지만, 자기 몸의 주인으로 인정받은 적도 없었다. 낙태수술을 할 때는 남자(정자의 주인공)의 동의가 필요하지만, 정작 낙태죄로 처벌받는 것은 오로지 여자라는 사실은 낙태의 책임과 원죄를 오직 여자에게만 돌리는 현실을 여실히 보여준다.

미혼모가 혼자 아이를 낳아 잘 살 수 있는 세상도 아니면서, '너희에겐 선택권이 없다'고 말하는 것을 어떻게 이해해야 할까? 또한 산아제한 정책을 쓰던 시기에는 여성의 낙태를 문제삼지 않았으면서 출생률이 우려할 수준으로 낮아지니 낙태죄 처벌을 강화하겠다는 것은, 우리 사회가 여성을 어떤 존재로 인식하는지 그 민낯을 보는 것 같아 솔직히 섬뜩한 기분마저 든다. 여성은 그저 아이를 낳는 존재라고 생각하는 것이 아닐까 의심하는 것이 이상한 일도 아니다.

'내 자궁은 나의 것'이라는 검은 시위대의 표어와 낙태죄 사이의 입장 차이는 어쩌면 상당한 시간이 흘러도 쉽게 해소될 수 없는 것일지 모른다. 또한 그 입장 차이만큼 여성의 임신중단권에 대한 논의는 부재했고, 복지부의 '낙태죄 처벌 강화' 카드는 그로 인해 어떤 억압이 여성에게 부과될 수 있는지를 보여주는 상징적 사건이 되었다. 여성이 여성의 일에 대해 목소리를 내지 못하는 세상에서, 여성은 자신의 몸의 주인으로 살아갈 권리 따위는 가질 수 없다는 깨달음을 주는 의미심장한 사건이 되기도 했다.

여성을 삶의 주체로 인정하지 않는 것을 넘어, 그저 임신해서 사회 재생산에 기여하는 존재로만 여기는 세상에서 과연 여자들은 아이를 기꺼이 낳고 싶어할까? 출산과 양육이 온전히 여성의 몫으로 여겨지고 오직 여자만이 커리어의 중단을 맞이하는 것이 아름다운 희생 정도로 여겨지는 세상에서 여자들은 그 희생을 감당하려고 할까? 낮아지는 출생률을 올리는 것은, 낙태죄가 강화된 사회가 아니라 아이를 낳고도 자신의 능력을 제대로 펼칠 수 있다는 기대가 존재하는 사회이다. 아이를 낳더라도 자신의 중요한 가치가 훼손되지 않는다는 믿음이 있을 때, 여성들은 임신과 출산을 두려워하지 않게 될 것이고 출생률은 올라갈 것이다.

나도 한때는 내 아이를 낳아 기르는 삶을 몇 번이고 꿈꾸었지만 결국 그런 마음을 전부 포기했다. 출산과 양육이 가져다주는 행복을 부정해서가 아니다. 나를 닮은 내 아이들과 시끌벅적하게 사는 그런 평범한 삶에 대한 갈증이 나에게도 분명 존재했다. 하지만 그에 못지않게 현재보다 삶의 조건이 저하되는 것에 대한 부담이 나를 머뭇거리게 했고, 내가 하던 일을 똑같이 하지 못할 수도 있다는 마음이 나를 포기하게 만들었다. 공교롭게도 내가 삼십대에 만났던 남자 전부가 출산과 양육 문제에 대해 부담과 공포를 솔직히 드러내기도 했다. 낮은 출생률은 그저 여성들이 아이를 안 낳으려고 해서가 아니다. 성별을 막론한 '생존본능'이 결혼도 출산도 포기하게 만들 뿐이다. 이미 자신의 삶이 평온하거나 희망이 있다고 느끼지 않는 사람들이, 또다시 새로운 생명이 태어난다고 한들 그 생명을 얼마나 행복하게 키울 수 있을까 의구심이 드는 것은 당연한 일이기 때문이다.

하여 나는 자살률 1위의 국가에게 묻는다. 출산한 여성이 퇴사를 종용당하고, 경력 단절이 당연한 세상에 묻는다. 미혼모에 대한 사회적 냉대와 차별이 여전한 국가에게 묻는다. 이미 태어나 살아가고 있는 한 사람 한 사람의 삶을 귀하게 고려하지 않는 사회에서, 출생률이 올라간들 그것이 좋은 일이라 말할 수 있을까? 그저 숫자가 아니라 개인의 삶의 질에 주목할 때, 어떤 인간이든 자신의 삶의 조건을 선택하고 사회적으로 보호받고 있다고 판단이 들 때, 그것이야말로 '좋은 일'이 될 것이다. 좋은 세상을 만드는 것이 목표가 되어야지, 강제로 출산을 하게 하는 것이 목표가 되는 것은 그 자체로 폭력이며 기만이다.

비록 나는 단념했지만, 더 많은 여성들이 자유로운 선택을 할 수 있고 그래서 기쁘고 행복한 마음으로 출산할 수 있는 세상이 왔으면 한다. 다만 허락되지 않았던 삶일지라도, 그 선택을 깊이 존중하고 응원하기 때문이다. 출산을 하든 하지 않든, 여성은 모두 인간으로서 귀하기 때문이다.

타인의 외로움을
인정한다는
것에 대하여

텔레비전을 트니, 나이 서른에 남자친구에게 차인 여자가 마스카라가 다 지워진 채 혼자 탕수육 세트를 시켜 먹는 장면이 나온다. 연애를 하지 않는 자신을 참을 수 없어 하는 표정으로, 마치 인생의 막 하나가 내려간 듯한 표정으로 말이다. 화면을 물끄러미 보다 10년 전의 내가 떠올랐다. 의기양양하게 집을 나와 처음 독립이라는 걸 했을 때 며칠이 채 지나지 않아 내가 경험한 건 불 꺼진 집에 들어설 때마다 느꼈던 어둡고 습한 고독이었다. 혼자만의 해방감에 도취하여 즐거운 날들이 펼쳐지리라 기대했지만 등을 덮쳐오는 고독감을 잊어보겠다고 밤이고 낮이고 음식에 중독된 사람처럼 뭔가를 먹어대다 어느 날엔 이유도 없이 작은 원룸 한 켠에 앉아 꺼이꺼이 울기도 했다.

그날 이후로 깨달았다. 내가 얼마나 외로움에 취약한 인간인지를. 그리고 문득 그런 생각이 들었다. 우리는 외로움이라는 감정을 정말 자주 경험하지만, 정작 그 외로움을 극복하려 하거나 외면하는 데에만 익숙해져 있구나 하는 생각. 외로움은 흔히 어떻게든 빠른 시간 안에 사라져야 할 감정으로 치부하고, 혼자서 밥을 먹거나 혼자서 여행을 가는 사람을 어딘가 측은하게 여기듯이.

하지만 정말 외로움은 외면하거나 혹은 당장 해결해야 마땅한 감정일까? 둘이 함께 있어야만 인간으로서의 온전한 삶이 완성되는 것일까? 연애를 둘러싼 다양한 감정에 대해 쓰는 일을 하고 있다보니 사람들의 이런저런 연애 고민들을 많이 받는다. 그럴 때마다 사람들의 리얼한 사연들을 마주하게 되면 참 많은 생각이 든다. 혼자 남겨진 시간이 싫어서 어떻게든 연애를 시작하려고 하는 사람들, 끝내는 편이 나은 것을 알면서도 혼자가 되는 것이 두려워 억지로 그 관계를 감당하는 사람들, 헤어지고 나서 몰려오는 외로움을 버거워하는 사람들…… 그런 사연을 읽다보면 어떻게든 외로움을 몰아내기 위해 각자의 방식으로 몸부림치는 것처럼 느껴졌다. 그리고 내가 아는 한, 더 많은 여자들이 외로움에 민감하게 반응하고, 그 감정을 해소하기 위해서는 연애라는 관계에 안착하는 것이 좋은 선택지라고 여긴다.

물론 연애는 어떤 종류의 외로움을 달래주긴 한다. 웃음을 나누고, 아픔에 공감하고, 살을 부비고, 뜨거운 숨결을 함께하는 그 자체로 참 좋은 일이니까. 하지만 외로움을 완벽히 증발시켜줄 만큼 나에게 온전히 헌신하고 맞춰줄 사람은 쉽사리 찾을 수 없다. 그리고 아무리 깊고 뜨거웠던 연애도 언젠가는 그 열정이 다하기 마련이고, 열정이 사그라든 뒤엔 이 관계가 예전만큼은 외로움을 잊는 데에 도움이 되지 않음을 깨닫게 된다. 한때는 없어서는 절대 안 될 것 같았던 사람과 한 침대에서 서로 등 돌리고 누워 눈물방울 흘려본 적 없는지, 열렬한 사랑을 했으나 그곳에서 빠져나온 누군가에게 물어보라. 어떤 방식으로든 가장 뜨거운 순간을 경험하게 해준 사람과 멀어지는 바로 그때 가장 큰 외로움을 맞닥뜨리게 되는 연애의 역설은, 연애하는 사람이 감당해야 하는 가장 기본이다.

오히려 고독이라는 감정을 그저 담담하게 받아들일 수 있을 때야말로 연애를 하기에 적합한 때일 것이다. 대단한 삶을 욕망하기보다 묵묵히 자신의 의지를 따르기로 결심했을 때 담담히 자기 삶을 살 수 있듯이, 대단한 연애란 없다는 사실을 받아들일 때에야 오히려 담담하게 상대를 사랑할 수 있다. 원하는 만큼 자주 연락하지 않는 애인에게 "너는 나를 너무 외롭게 방치해서 정말 힘들어"라고 항의하며 자신의 외로움을 해결해달라고 하는 일은, 애초에 내 외로움을 해결할 속죄양 격으로 연인을 선택했다는 말과 다르지 않다. 처음엔 이런 종류의 고백을 제법 잘 받아들여주던 사람이라도, 그렇게 누군가의 감정을 감당해주는 일이 고단하지 않을 리 없다. 그리고 고단한 채로는 삶이 고문 같아지는 것은 한순간이기 때문에, 그런 연애는 원하는 만큼 지속되지 못한다. 외로움을 해결하기 위해 시작한 연애는 그래서 그 결말이 우울해지기 일 쑤이며, 그런 연애로부터 우리는 오래 버티지 못하게 된다.

혼자 있음을 사랑할 수 있게 될 때, 곁에 있는 사람에게 우리는 비로소 너그러워질 수 있다. 혼자 있음을 저주하는 사람은, 스스로의 개별성은 물론 상대방의 개별성을 인정하기가 수월하지 않으며 이것은 곧 비극을 낳을 뿐이다. 내 인생 최악의 남자는 내가 혼자 있는 것을 못 견뎌 하던 시절에 나타났고, 혼자임을 담담히 받아들이고 마음에 평화를 찾은 뒤에야 좋은 시간을 함께 보낼 사람이 허락되었다.

그러니 외로운 감정이 인간의 기본 상태라 받아들이는 순간, 오히려 많은 가능성의 문을 열게 됨을 기억해야 한다. 배가 고플 때 음식에 집착하거나 안절부절못하지 않고 그 공복감을 태연하게 참는 상태처럼, 마음이 외로울 때 아무라도 곁에 두어야겠다는 생각을 버리고 그 시간을 홀로 감당하는 경험이야말로 우리를 성장하게 할 수 있다.

그래서일까. 나는 이제 "요즘 외로워"라고 말하는 남자에게는 오히려 말을 걸고 싶은 생각이 사라진다. 오히려 혼자서 밥을 먹고, 혼자서 여행을 가고, 연애하지 않는 자신을 기꺼이 자유롭게 놓아두는 사람을 보면, 그 곁에 가까이 다가가 그 담담함에 젖어들고 싶어지는 것이다. 어렸을 땐 나를 필요로 하지 않는 것처럼 보이는 남자를 '나쁜 남자'라고 불렀던 것도 같지만, 이젠 내가 없어도 잘 지내는 남자여야만 나와 동행할 수 있다고 생각한다.

그리고 나는 우리 사회가 타인의 외로움도 담담하게 받아들이는 곳이 되었으면 하고 생각한다. 연애하지 않는 사람에게 왜 연애 안 하냐고 물어보지 않고, 비혼주의자에게 결혼을 강권하지 않으며, 아이를 낳지 않겠다고 선언하는 부부에게 완벽한 가족상에 대해 설명하지 않는 것 말이다. 외로움은 피해야 할 감정이 아니고 그저 당연한 감정이란 전제하에, 누군가가 선택한 자발적 외로움을 당연하게 받아들여야 하지 않을까? 타인의 사적인 영역에 자신의 생각을 강요하는 사람들이 실제로 전혀 외로움을 느끼지 못할 정도로 행복한지에 대한 논의는 별개로 하더라도 말이다.

외로움을 받아들이는 태도가 성숙한 사회란, 타인에 대한 불필요한 억압과 판단으로부터 자유로운 사회와 동의어이다. 자신의 감정을 그대로 받아들이는 성숙한 인간이 모여야 타인의 감정도 존중하는 성숙한 사회가 된다는 것. 하루를 살더라도, 성숙한 사회에서 살고 싶다.

섹스는
연애에 있어
필수인가에 대하여

이십대를 대상으로 연애에 대한 강의를 하러 간 자리에서 어김없이 받게 되는 질문이 있다. '연애를 하면 꼭 섹스를 해야 하는 것이냐'는 질문이 그것이다. 물론 이런 질문을 하는 사람은 99% 여자다. 자신은 혼전 순결주의자인데 주변의 친구들이며 애인이 당연히 섹스를 해야 하는 것처럼 이야기하니 자기만 생각이 꽉 막힌 사람 취급을 받아 힘들다는 하소연도 있었고, 아직은 때가 아니라고 생각하는데 남자친구가 자꾸만 관계를 갖자고 요구하니 어떻게 해야 할지 모르겠다는 고민도 있었다.

사실 10년 넘게 섹스칼럼을 쓰고 사람들의 다양한 연애와 성에 대한 고민을 읽어내는 작업을 하면서 받았던 숱한 질문 중에서 이것은 말하자면 꽤나 대표적인 축에 속하는 것이었다. 언제나 여자들은 내게 말했다.

"남자친구가 이런 체위를 하자고 하는데 너무 변태 같아서 하고 싶지 않아요."

"남자친구가 너무 자주 섹스를 원해서 부담스러워요."

"아직은 섹스를 할 때가 되지 않았다고 생각하는데 그를 어떻게 설득해야 할지 모르겠어요."

분명히 침대에 누워 있는 것은 두 사람이 맞는데 언제나 고민하고 고뇌해야 하는 쪽은 여자들이었다. 나는 늘 그것이 의아했다. 하고 싶으면 하는 것이고, 내키지 않는다면 그저 하지 않으면 되는 것이 아닌가? 어째서 원하지도 않는 섹스 때문에 마음속에 동요가 일어나고, 섹스를 하고 있으면서도 불편한 관계가 지속되도록 하나? 수동적인 태도에서 벗어나 당신이 원하는 대로 행동할 권리가 있다는 이야기를 몇 번이고 했던 것 같다.

이토록 강력한 수동성은 대체 어디서 기인했을까? 어쩌면 이 비슷비슷한 고민들이 하나로 수렴되는 그 지점이야말로 한국 여성들이 섹스를 바라보는 고단한 심경이 드러나는 곳일 것이다. 이십대가 되기 전, 여자들은 자신의 몸에 대해 부정적인 인식을 자연스럽게 받아들인다. 사회적으로 날씬한 몸의 여성을 요구하는 분위기로부터 십대의 여성은 결코 자유롭지 않으며, 언제나 '여자라면 몸가짐을 단정히 해야 한다' '조신하지 못하게 몸을 함부로 굴려서는 안 된다'는 식의 성차별적인 말들에 본격적으로 노출되는 시기도 바로 이때다. 생리를 막 시작한 십대 중반의 여자아이는 여성으로서의 뚜렷한 변화를 축하받기보다 '정자와 난자가 만나면 임신이 된다'거나 '피임에 실패해 낙태하는 일이 얼마나 공포스러운지'를 기억하기부터 강요받곤 한다.

여성으로서 자신의 몸을 받아들이는 일은 긍정적이기보단 부정적인 것으로 이내 기울어버리고, '자신의 몸을 소중히 해야 한다'는 말은 오직 젊거나 어린 여자들에게만 강요되는 규율이 된 지도 이미 오래다. 말이 '소중히 해라'이지, 그 속에 담긴 의미가 '남자와 만났을 때 쉽게 섹스를 해서는 안 된다'는 의미임을 모르는 채로 스무 살이 되는 여자는 없다. '혼전순결'이라는 구시대적 규율은 그렇게 머릿속에 자리잡은 채 여자로 하여금 '섹스'는 곧 '순결하지 못한 것'임을 두고두고 환기시킨다. 더러운 행동, 즉 사회적으로 용인되지 않는 행동을 해서는 안 된다는 믿음을 갖도록 길러진 여자는 이 과정 속에서 자연스럽게 성에 대해 수동적인 자세를 습득한다. 그저 가만히 있으면 비난받지 않을 수 있는데, 구태여 스스로의 욕구를 표현해 사회로부터 낙인찍힐 이유가 없는 것이다. 성에 대한 학습된 수동성은, 이 사회에서 낙인찍히지 않고 살아가기 위한 가장 중요한 요건이 되는 셈이다.

하지만 섹스에 대한 어떤 인식을 우리가 강요받았든, 세상이 우리들 중 일부에게 낙인을 찍으려고 하든 말든, 그것은 중요하지 않다. 한국사회에 속해 살아가고 있는 여자이기 이전에, 우리는 그저 우리가 갖고 태어난 몸 그 자체로 자유롭고 행복한 인간이다. 속한 사회의 일원이기 이전에 그저 한 사람의 인간일 뿐이라는 대전제를 자각하면 좀더 수월하게 자신의 행복에 집중할 수 있다. 사람은 왜 섹스를 하는가. 나

는 왜 섹스를 하는가의 문제에 대해 좀더 담백하게 답을 할
수 있다.

나는 사랑하는 그와 했던 며칠 혹은 몇 달 전의 섹스를 이
따금 떠올리며 그때의 느낌을 되새긴다. 내가 좋아하고 아끼
는 사람에게 아무 조건도 없이 온전히 받아들여지고 그를 통
해 온몸의 피가 새롭게 몇 바퀴고 돌게 되는 그 순간을 너무
나 사랑하기 때문이다. 세상의 거의 모든 관계가 'A이면 B이
다'라는 식의 조건을 사이에 두고 맺어지지만 이 관계만큼은
그로부터 자유롭다는 것이 나를 한없이 편안하게도, 한없이
부풀게도 만든다. 흥분, 위로, 신뢰, 기쁨, 에너지, 충만함 그
리고 허무함까지……. 굳이 사랑이라는 말을 꺼내지 않아도
그와 나는 서로의 몸을 안고 키스하고 감싸는 움직임을 통해
거의 모든 차원의 감정과 새로운 감각을 경험한다.

침대 위에서 나는 '여자는 조신해야 한다' 따위의 명제로부
터 완벽히 자유롭게, 찰나의 행복도 놓치지 않고 마음껏 맛
보려는 인간으로 돌아간다. 누군가는 섹스를 스포츠처럼 즐
길 것이고, 또 누군가는 섹스가 순결을 가늠하는 기준이라고
말하기 좋아하겠지만 나는 한 인간으로서 내가 사랑하는 다
른 사람에게 온전히 받아들여지고 그를 통해 무한한 자유를
맛보도록 허락된 시간이 바로 섹스라고 말하고 싶다. 이 좋은
일을 남 눈치봐가며 해야 할 이유는 어디 있나? 이 행복한 일
에 '과거'라는 이름을 붙여 미안해할 이유는 또 어디에 있나?

나는 역시 묻고 싶다. 이 극적인 몸의 대화에 대해, 누가 감히 더럽다는 표현을 추가하려 하는가? 당연히 누려야 할 어떤 일들에 순결이니 더러움이니 하는 표현들을 덧씌워 인간 본연의 자유를 막으려 하는 사람들의 마음이야말로 비인간적이다. 눈을 크게 뜨고 내가 섹스에 대해 가지는 감정을 지켜보아야 할 이유는 바로 이것이다. 내가 그저 한국에서 태어났다는 이유만으로 내 몸의 행복을 유예하는 일만은 하지 않았으면 좋겠다. 섹스에 수동적인 존재가 되었을 때에 행복할 사람은, 당신에게 그 수동성을 강요한 어떤 사람들뿐일 테니까.

"섹스는 연애의 필수 항목인가? 나는 결혼 전까지 하면 안 될 것 같은데"라고 말하는 사람들에게 그러므로 나는 말하고 싶다. 사랑하는 사람과 섹스를 할 권리도, 하지 않을 권리도 모두 자기 자신에게 있다고. (물론 나는 그 사람의 몸을 사랑하지 않고서는 그 사람 전부를 사랑할 수 없다고 믿는 에로스 제일주의자이지만 또 어떤 사람은 플라토닉 러브만으로 충만할 수 있을 테니까.) 하지만 최소한 섹스를 순결 이데올로기와 엮어 생각하고 싶어하는 사람들의 말을 순진하게 믿어도 좋을 이유는 세상에 없다고.

자신도 모르는 새 오랫동안 학습되어버린 수동성의 굴레를 벗어던진 다음에야 우리는 비로소 우리가 얼마나 더 행복해질 수 있는 인간이었는지 알게 된다. 모든 여자를 성녀 아니면 창녀로 구분하는 이분법으로 보고 싶어했던 시선으로부터 우리 스스로를 해방시키는 건, 섹스를 하든 하지 않든 온전히 그 결정의 주체가 되는 일이 그 첫 시작이 될 것이다.

하더라도 내가 정말 원해서 해야 하고, 하지 않더라도 내가 정말 하고 싶지 않아서 하지 않아야만 한다. 내 몸의 진짜 주인이 되는 경험이 얼마나 중요한지 알면서, 그 일이 얼마나 쉽지 않은지도 함께 알아서일까. 나는 여전히 경직되어 있는 우리의 침대 위를 떠올리면 이토록 문득 갈증이 난다.

여자 나이
스물 서른 마흔에
대하여

인터넷 사이트에 회원 가입을 할 때 생년월일을 기입하는 란에 숫자를 찾아 내려가면서, 나이를 참 많이도 먹었구나 새삼 느낀다. 예전엔 분명히 조금만 내려가도 내 생년인 1978이라는 숫자가 눈에 딱 보였는데, 이젠 한두 번 아래로 스크롤해서는 좀처럼 눈에 띄지 않는다. 스물두 살쯤엔 내가 언제까지나 그 나이에 머물러 있을 것만 같은 느낌이 있었는데, 벌써 마흔이 코앞에 와버린 나이가 되었다. 친구들과의 단톡방에서는 각종 시술부터 항노화클리닉 체험담이 끊임없이 이야기된다. 한때는 이십대였던 나와 내 친구들은, 어떻게 하면 이십대 시절의 반이라도 따라갈 수 있을지 자주 넋두리를 한다.

　내가 남자였어도 내 나이에 대해 이런 감정을 느낄까 생각해본다. 그런데 아무리 생각해보아도 이 정도는 아니었을 것 같다. 남자 나이 서른이라고 하면 왠지 이제부터 본격적으로 커리어를 시작할 것 같은 긍정적인 이미지가 있는데, 여자 나이 서른이라고 하면 커리어적 상황보다는 노처녀라든가 결혼이라든가 하는 단어를 가장 먼저 떠올리게 된다.

마찬가지로 남자 나이 마흔과 여자 나이 마흔은 다르다. 마흔 살의 남자 배우는 주름이 좀 패고 수염이 덥수룩해도 미중년이니 상남자이니 하는 긍정적 타이틀을 얻지만, 마흔 살의 여자 배우는 제법 관리를 잘했다 하더라도 '사십대라는 것이 믿겨지지 않는 외모'라는 부정적 타이틀을, 조금이라도 노화의 징후가 보이기라도 하면 '한물갔다'느니 '살이 처졌다' 느니 하는 댓글이 우수수 달릴 뿐이다. 남자에게 세월은 훈장, 여자에게 세월은 낙인이 되는 법이라는 메시지가 반복해 전달된다.

그러니 "여자 나이 계란 한 판이면 얼른얼른 결혼해야지"라거나 "마흔이 넘은 여자도 여자야?"라는 폭력적이고 편견에 가득찬 말에 제대로 대응도 하지 못한다. 여자는, 자신이 살아온 시간과 그 경험을 긍정적으로 받아들이기 어려운 사회적 분위기 속에서 남자보다 더 많은 위축을 느낀다.

하지만 이런 가치관으로부터 스스로를 자유롭게 하는 것은, 누가 뭐라든 한 인간으로서 자신을 긍정하는 마음가짐이다. 여자를 나이로 규정짓고 싶어하는 사회의 시선으로 나를 바라보지 않고, 지금까지 내가 겪은 경험과 내면의 변화들이 가능했던 힘은 바로 자신이 관통한 시간에 있다는 것을 기억해야 한다. 자신이 지나온 시간을 긍정하는 태도를 가지지 못하면, 나이를 둘러싼 프레임에 교묘하게 발목을 잡힌 채 살게 된다. 그나마 남은 시간도 조바심에 쫓기듯 살게 될 뿐이다.

지금의 내 모습을 향한 긍정은, 곧 자신이 지나온 시간을 향한 긍정과 같다. 스무 살로 돌아가면 어떨 것 같냐, 무엇을 해보고 싶느냐는 질문을 받을 때가 종종 있다. 타임머신을 타고 스무 살 때로 돌아간다면 잠시 기분이 좋을지는 몰라도, 나는 지금만큼 나 자신을 긍정할 수 없을 것이고 그러므로 결코 지금만큼 행복할 수 없을 것이다. 해보고 싶은 것도 별로 없을 것이다. 그때의 나로 돌아간다면 지금만큼 똑똑하지도 않을 것이기 때문이다.

　스물아홉 살이었을 때, 나와 내 또래 친구들은 하나같이 "이제 우리 곧 서른 살이야"라고 두려운 얼굴로 수군대며 그 시기를 보냈다. 마치 서른 살이 넘어버리면 더이상 좋은 시절은 오지 않는다는 듯. 하지만 생물학적 나이가 서른이 훌쩍 넘도록 그리 특별하게 나쁜 일 같은 건 일어나지 않았다. 이렇게도 저렇게도 살았던 날이 하루하루 쌓이면서 조금씩 늙기도 성숙하기도 했을 뿐이다.

　서른에서 마흔으로 넘어가는 때에도 딱히 특별한 건 없다. 그저 소중한 하루하루가 쌓일 뿐이고, 남자들의 몸이 늙어가는 것과 같은 속도로 내 몸도 늙어갈 뿐이라는 것을 받아들이면 충분하다. 어차피 모든 기계는 그 사용연한이 정해져 있고, 인간의 몸도 사용연한이 정해져 있는 기계일 뿐이다. 조바심을 내본들 기계의 정해진 사용연한을 늘릴 수도 없는 일이다.

솔직히 나도 다가올 시간의 변화들이 조금은 두렵다. 뛰고 싶을 때 원하는 속도로 뛸 수 없고, 놀고 싶은 마음은 굴뚝같지만 무릎이 아파서 집에 있어야 한다거나 하는 상황이 정말로 현실이 되면 나는 생각보다 많이 절망할지도 모르겠다. 하지만 정말로 몸져눕는 날이 내게 닥치더라도, 그때까지 내가 관통한 시간을 귀하게 여기겠다. 얼굴에 패인 깊은 주름이 보톡스로도 해결되지 않는 날이 와도, 원래 인간은 이렇게 되는 것이라며 담담해하는 사람이면 좋겠다.

이혼한 여자가
연애 상담을 한다는
비난에 대하여

방송에서 이따금 연애에 대한 카운슬링 형식의 토크를 하거나, 연애와 관련한 칼럼을 기고하고 나면 여지없이 따라붙는 댓글이 있다. 바로 내가 오래전 이혼을 했다는 사실에 대한 비난이다. 이미 결혼에 실패한 여자가 감히 무슨 자격으로 남의 연애에 대해 카운슬링을 하냐는 이야기들을 보면서, 처음엔 솔직히 많이 낙담이 되었다. 연애에 대해 글을 쓰고 말을 하는 일은 오래전부터 내가 직업을 가진 사람으로서 해왔던 것인데, 내가 한때 잘못된 결정을 했다는 사실 하나만으로 내가 해온 일들의 의미를 난도질하고 싶은 사람들의 존재는 그 자체로 썩 유쾌하지 않았으니까.

하지만 나는 오히려 그렇게 나에게 '이혼녀' 혹은 '결혼에 실패한 사람'이라는 낙인을 영영 덧씌우고 싶어하는 사람들의 댓글을 읽으면서 나에게 이혼이라는 경험이 어떤 의미로 남았는지 다시 생각해보게 됐다. 그리고 내 생각을, 나누고 싶어졌다.

함께하면 행복해질 거라고 믿었기에 결정한 결혼이지만, 살아보니 도저히 행복과는 거리가 먼데도 그 관계를 계속 유지해야 할까? 결혼은 행복하기 위해 선택한 삶의 한 양식인데, 전혀 행복하지 못하고 노력을 해봐도 도저히 개선이 힘들겠다는 판단이 들면 그 어떤 개인이라도 자유롭게 그 관계를 놓아야 한다. 관계가 개인보다 우선할 수 없기 때문이다. 이혼해야 비로소 행복해지는 관계가 있기 때문이다. 호주제만 폐지되었을 뿐 여전히 가부장제의 오랜 영향으로부터 자유롭지 못한 한국사회에서 이혼이란 '가정을 버리는' 일이고, 결혼생활을 유지하는 것은 '가정을 지키는' 일로 표현되곤 한다. 하지만, 이혼은 가정을 지키고 말고의 문제 이전에 그저 스스로 한 잘못된 선택을 되돌리는 용기를 내는 일이며, 한 인간이 행복을 추구할 권리를 지키는 일일 뿐이다.

그 어떤 고통에도 불구하고 가정을 지키는 것이 중요하다고 믿는 사람들이 지켜낸 가정은, 과연 그 구성원들이 온전히 행복을 느낄 수 있는 곳이 될까? 둘이서 맞닥뜨린 지옥을 허물고, 각자 다른 천국을 만들어야 옳지 않은가? 한평생 억지로 결혼관계를 유지하다가 뒤늦게 이혼을 결정하는 '황혼이혼'의 주인공이 되기보다, 한 번뿐인 인생에 찾아든 불행을 적극적으로 해결하는 것이 옳지 않은가? 더 행복해지는 길이 있는데도 불행을 참는 것이 오히려 자기 인생에 대한 기만이다. 이혼이 삶을 망치는 것이 아니라, 이혼 공포증이 삶을 망치는 것이다.

물론 이혼은 그 자체로 개인에게, 또 한때 가족의 연을 맺었던 사람들에게 깊은 슬픔의 기억으로 남는다. 나 역시 이혼 이후에 한동안 부모님이 집에 걸린 나의 결혼사진을 어떻게 해야 할지 몰라 난감해하셨다는 것을 알고 있다. 평상시엔 결혼사진을 떼어두고 계시다가 집에 친척이나 친구들이 찾아오는 날이면 다시 걸어두면서까지, 막내딸의 이혼 사실을 굳이 드러내지 않으려 하셨다고 한다. 일가친척부터 거의 모든 지인을 다 모아놓고 떠들썩하게 잔치를 했는데, 그 결과가 '없던 일로 하기로 했다'라는 걸 드러내기란 부모님에게도 상당한 치부이자 골칫거리였을 것이다. 다행히 이제는 부모님도 그 불행했던 시간을 다 잊으신 듯하지만.

이혼이란 한국사회에서 여전히 금기이며 앞으로도 내내 금기일 것이다. 남의 사정을 잘 알지도 못하면서 그저 혼인이 파탄 났다는 사실 자체만으로 눈을 흘기고 매도하고 싶은, 이혼공포증에 걸린 사람들 때문이다. 그러니 그냥 꾹 참고 살기보다 참지 않는 삶을 택한다는 건, 누군가의 아내나 며느리로 계속 살기보다 이혼녀라는 꼬리표를 달게 되는 건, 그 자체로 사회 전체의 금기에 도전하는 어려운 일이 된다. 그것은 마치 달리는 열차에서 맨몸으로 뛰어내리는 일에 비유할 만하다. 안전하게 그 열차 안에 타고 있으면 아무 일 없다는 듯 겉으로 멀쩡하게 살 수야 있겠지만, 더이상 그렇게는 살 이유가 없기 때문에 거친 바닥에 맨몸을 던지고야 마는 일. 낙인과도

같이 깊은 흉터를 감당해도 좋으니 지금 이 열차에만큼은 더 이상 타고 있을 수 없다는 절박한 선언 같은 결정. 사정을 잘 모르는 사람들에게 누군가의 이혼이란 두어 번 혀를 쯧쯧 차고 무책임하다는 비난을 할 일이겠지만, 이것은 그저 잘못된 결정을 내렸던 한 사람이 감당하겠다고 결정한 인생의 큰 수업료일 뿐이다.

내가 결혼하기로 했던 그 결정은 내 인생을 통틀어 가장 비극적이었지만, 나는 그 결과에 대해 겸허히 받아들이고 그것을 종료시키는 또다른 결정, 즉 이혼을 통해 비로소 뒤늦게 행복의 의미를 깨닫게 됐다. 잠시 가족의 연을 맺었던 당사자들을 제외하고, 누가 내 인생의 수업료에 대해 비난을 할 자격이 있는지 나는 솔직히 잘 모르겠다.

나는 나의 잘못된 결정을 통해 행복의 조건을 사무치게 배웠다. 그리하여 사람은 실패로부터 배울 수 있는 존재이며 비단 자신의 실패뿐 아니라 타인의 실패로부터도 배울 수 있는 존재라는 것도 이제 안다. 어떤 일을 성공적으로 해낸 사람에게 그 분야에 대한 조언을 듣는 것은 매우 좋은 방법이다. 하지만 실패한 사람에게서 왜 실패했는지 이야기를 듣는 것도 그 나름의 특별한 의미가 있다. 행복한 결혼생활을 했던 사람에게 즐겁게 들을 수 있는 조언도 있겠지만, 불행한 결혼생활을 했던 사람으로서 건넬 수 있는 조언이 존재하는 것이다. 나는 나의 잘못된 선택으로부터 단 한 사람이라도 현명한 결정을 내릴 수 있는 단서를 찾게 된다면, 나의 어두운 터널 같은 경험을 기꺼이 공유하는 사람이고 싶다. 그리고 자신의 행복을 위해 금기에 도전하고 시선을 감당해야 했던 모든 사람에게, 나의 말과 글을 통해 그저 좋은 위로가 되고 싶다.

지금까지 그랬듯, 우리는 앞으로도 실패할 것이다. 사회의 금기를 건드리는 실패이든, 아주 사소해서 간단히 넘어가는 실패이든, 우리의 의도나 기획과는 상관없이 실패는 누구나 하게 될 것이다. 하지만 어떤 사람이든 자신의 잘못된 결정을 되돌려 행복한 삶을 되찾을 권리가 있다. 자신에게 청구된 인생의 수업료를 지불하는 일을 두려워하지 않았으면 좋겠다. 사회에서 말하는 금기에 위축되지 않았으면 좋겠다. 낙인찍고 구분 짓고 손가락질하기 좋아하는 사람들 속에서 씩씩하게 살기란 쉽지 않지만, 우리에게 두려움에 맞설 용기가 생긴다면 언젠가는 그 사람들도 부끄러움을 아는 날이 올지도 모를 일이다.

나는 달리는 열차에서 뛰어내리듯 용감하게 이혼을 결정한 내가 자랑스럽다. 그리고 앞으로도 계속 연애와 결혼에 대해 이야기할 것이다.

설현과 설리,
그 시선의
차이에 대하여

나는 여자 아이돌이 좋다. 어지간한 여자 아이돌의 신곡이 나오면 꼭 뮤직비디오를 찾아보고, 혼자 거리를 걸을 때면 걸그룹의 달콤하고 청량한 노래를 듣곤 한다. 집에 혼자 있다가 문득 무료해지면 VOD의 다시보기 서비스를 통해 지난 음악방송을 시청하곤 하는데, 그 역시 요즘 가장 잘나가는 걸그룹이 누군지 얼마나 멋진지 두 눈으로 확인하고 싶어서다. 자신이 예쁘다는 사실을 알고 있고 스무 살 언저리의 에너지로 가득한 존재들이 보여주는 퍼포먼스는, 그것이 아무리 철저히 계산된 상업적 기획이라고 해도 거부할 수 없는 매력으로 넘쳐나곤 한다.

그런데 현재 걸그룹 멤버이거나 과거 걸그룹 멤버였던 숱한 여자 연예인 중에서, 지난 1년간 사람들 입에 그리고 뉴스 기사에 가장 많이 오르락내리락한 두 사람이 있다면 그건 설현과 설리다. 누가 봐도 출중한 외모를 가진 이 두 명의 여자 아이돌은, 거의 비슷한 시기에 가장 많은 화제성을 지닌 존재가 되었다. 흥미로운 건 이 두 사람이 대중에게 소비되고 향유된 방식의 차이다. 스타가 소비되는 방식은 어떤 식으로든 그 시대의 문화를 반영하기 나름이겠지만, 이 두 스타가 소비된 두 가지의 지점은 정확히 한국에서 여성이 어떤 존재로 이해되고 있는지를 적나라하게 보여주었다.

하나같이 뛰어난 외모를 뽐내는 멤버들 사이에서도 유독 팔등신 미모를 뽐냈던 설현은, 한 통신사의 CF를 통해 군살 없이 매끈한 보디라인을 선보이며 대중에게 강렬한 눈도장을 찍었다. 몸매 좋은 여자 연예인은 지금까지 많고 많았지만, 자신이 가진 재능 중 이토록 몸매만을 주목당한 연예인은 그리 많지 않았다. 지금보다 몸에 대해 훨씬 보수적인 인식이 널리 퍼져 있던 시기에 등장했던 전지현도 몸매를 강조한 프린터 CF로 대중의 주목을 받았지만, 그녀에게는 배우라는 커리어가 있었기에 대중들도 그녀를 그저 '몸'으로만 인식하지는 않았었다.

하지만 설현은 그후 오직 '몸'으로만 존재하는 광고에 쉴새 없이 등장하며 자신의 아이덴티티를 구축해가는 모습을 보였다. 분명 개별적인 광고에 광고주도 프로듀서도 다 달랐지만, 신기하게도 설현은 어떤 제품을 광고하든 둘 중 하나였다. 수줍은 얼굴로 몸매를 전시하거나, 도발적인 얼굴로 몸매를 전시하거나. 철저히 바라봄의 대상으로, 관음의 객체로, 설현은 지루하도록 여러 번 반복해 소비됐다. 그중의 압권은 스포츠 브랜드의 영상 광고였는데, 열심히 조깅중인 설현은 여기서도 역시 '몸매'로만 존재하며 지나가던 남자들이 눈을 뗄 수 없는 대상으로 그려진다. 운동하는 것도 여자, 운동복을 돈 주고 사 입는 것도 여자인데, 정작 그 제품을 홍보하는 영상에서 설현은 그저 '대상화되는 여자'로만 존재했고, 여성이 '대상화되는 것은 당연한 일'이라는 전제는 이렇게 반복, 재생산되었다.

설현이 섹시 아이콘으로서 보여준 거의 모든 비주얼과 광고 집행물들은, 젊은 여자에게 지금의 한국 남자들이 꿈꾸고 관음하는 것의 절정을 보여주었다. 늘씬하고 군살이 없을 것, 가슴과 힙을 동시에 강조하되 그것은 공격적이 아니라 수줍은 느낌일 것, 그리고 마지막으로 '나는 아무것도 몰라요'라는 표정일 것.

하지만 설현의 인기가 고공행진을 이어가고 그녀가 찍은 CF가 늘어날수록, 많은 여자들은 바로 이 지점에서 불편함을 느끼기 시작했다. 뛰어난 외모와 재능을 가진 한 명의 여성이, 오직 남자들의 시선에 의해서만 즐겁게 소비되는 아이콘이 되어가는 모습은 그리 유쾌하지 않았던 것이다.

설현의 대척점에는 설리가 존재했다. 설현이 숱한 광고 제작물을 통해 자신의 이미지를 구축한 결과와는 아주 달리, 설리는 잘나가던 걸그룹에서 탈퇴하고 자신의 SNS 계정에 스스로 자신의 사진을 올리기 시작했다. 포토샵이나 편집을 전혀 거치지 않은 날것의 사진은 매번 인터넷 기사로 재생산

되며 댓글창을 바삐 돌아가게 만들었고, 설리의 계정에도 오만 가지 댓글이 날아들었다. 애인과의 키스 사진, 휘핑크림을 입에 짜넣는 영상에는 '싸 보인다' '무슨 의미인지는 알고 올리냐'는 둥 가시 돋친 댓글이 성토대회처럼 펼쳐졌다. 성적으로 오해받을 수 있으니 제발 이러지 말라는 간곡한 읍소부터 욕설이 섞인 성희롱 글까지, 읽기만 해도 머리가 다 아플 지경이었다. 설리가 계정을 닫기 전 올라왔던 셀피 하나는 언어폭력과 성희롱의 대향연이 되고 말았는데, 그건 바로 그녀가 노브라로 사진을 찍었다는 의심 때문이었다.

사람들의 도를 넘은 오지랖과 댓글에도, 설리는 아무 상관없다는 듯 자기가 찍고 싶은 사진을 찍고, 올리고 싶은 영상을 올렸다. 남이 뭐라고 하든 그건 내 알 바 아니라는 듯이, 누가 뭐라고 하든 내가 하고 싶은 대로 하겠다는 듯이. 어떤 사람들은 아무것도 상관하지 않겠다는 듯 자유롭게 보여주고 싶은 것을 보여주는 그녀를 정신 나간 사람으로 취급하기도 했지만, 또다른 사람들은 그녀가 그렇게 욕하는 사람들을 조롱하고 있다며 그녀의 용기를 부러워하고 또 속시원하다고 말했다.

정말로 그녀의 생각이 무엇이었는지는 알 수 없다. 그녀는 오직 자기가 하고 싶은 행동을 하고, 그후엔 증발해버렸으니까. 자신의 게시물에 달려 있던 셀 수 없는 악성댓글과 함께 말이다. 이 사회에서 인정받고 보호받을 수 있는 섹시함이란, 오직 남성의 입맛에 맞춰져야 한다는 암묵적 명제가 고스란히 증명된 시간이었다.

그녀가 어떤 목적이 있어 그런 사진들을 올렸든, 혹은 아예 목적이 존재하지 않았든, 이젠 중요하지 않게 되어버렸다. 그녀는 하고 싶은 대로 했고, 다시 돌아왔지만, 해명도 설명도 하지 않기 때문이다. 설리의 속마음은 설리만 알고, 안다고 해서 달라질 일도 없다. 다만 설리에게 날아든 댓글 폭탄과 사람들의 수군거림이, 숱하게 쓰여진 인터넷 기사들이, 여성을 향한 또다른 억압을 정확하게 전시하는 역할을 했다고 본다. 남자들이 원하는 옷차림을 하고 소비되는 이미지는 괜찮지만, 카메라를 당당하게 지켜보면서 휘핑크림을 입에 짜넣는 행동을 해서는 곤란하다는 사회의 시선 말이다. 가슴과 엉덩이가 한번에 잘 보이도록 타이트한 옷을 입고 허리를 한껏 비트는 것은 보기에 좋지만, 브라를 하지 않아 유두가 비치는 사진을 감히 스스로 올리는 것은 곤란하다는 것이다.

설리와 설현은, 여자가 섹스의 대상이 되는 것은 마땅하지만 스스로의 섹슈얼리티를 대놓고 드러내서는 안 된다고 말하고 싶은 사람들을 수면 위로 떠올리는 역할을 했다. 만만한 섹시함이 이 사회에서 허락되는 섹시함의 마지노선이라는 듯이.

설현은 환영받고 설리는 비난받은 그 사이의 모든 영역에, 여성이 대상화되고 억압된 채 그저 남자의 시선에 의해 소비되는 모든 행위가 존재한다. 욕구를 자발적으로 표현하면 비난받고, 욕구를 드러내지 않은 채 그저 욕정의 대상이 되어야 환영받는다는 메시지는 그렇게 두 명의 여성 연예인을 통해 우리 앞에 모습을 드러냈다.

자발적 욕구를 거세당해야만 비로소 환영받을 수 있는 존재, 그것이 여성에게 기대되는 가치라고 말하면 지나친 표현일까? 그렇다 한들, 설리에게 날아든 과격한 댓글보다는 덜 할 것 같은데.

성형 수술대에
오른다는
것에 대하여 1

몇 달 전 모 남성지를 만드는 회사의 사람을 만나 이런저런 이야기를 나눌 일이 있었다. 남성지 시장 전반에 대한 이야기부터 남성지 속의 콘텐츠, 또 그 안에 게재되는 여자 모델이나 화보에 대해서 많은 이야기를 나누는 자리였는데, 그러던 중 그가 한 어떤 말에 잠시 나는 귀를 의심했다.

"우리 책에는 칼을 전혀 대지 않은 여자들만 나오면 어떨까 생각도 해봤어요. 성형을 하지 않은 여자들만 책에 나오게 하는 거지. 자연미인들만 나오는 잡지!"

대단한 콘셉트라도 되는 것처럼 눈을 반짝 빛내며 이야기하는 그를 보면서, 나는 할말을 잃었다. 성형을 하지 않은 여자를 '칼 대지 않은 여자'로 표현하는 것 자체만으로도 실망스러웠지만, 여자를 성형을 했나 하지 않았나로 구분하는 그 잣대는 문자 그대로 수준 이하로 보였기 때문이다. 여자에 대한 이해가 높은 사람이 남성지를 만들어야 한다고 말하는 사람이 정작 여자를 성형 여부로 구분 짓고 싶어한다니. 대체 그가 말하는 '여자'와 '이해'라는 건 어떤 의미인지 되묻고 싶어졌다.

런던정책연구센터 연구원인 캐서린 하킴은 본인의 저서 『매력자본』에서 '타인이 자신에게 매력을 느끼게 하고, 호감을 얻어 더 많은 돈을 벌 수 있는 기술'을 매력자본이라고 이름 붙였다. 사람이 사람의 마음을 이끄는 데 있어 매력적으로 보이느냐 그렇지 않느냐가 큰 영향을 미친다는 것이다. 물론 이 책에서 말하는 매력자본의 요소란 우리가 성형을 통해 변화 가능한 몸매나 이목구비에 국한되지 않는다. 화술, 미소, 카리스마, 태도 등 유무형의 다양한 요소가 한 사람의 매력을 결정짓는 데에 다각도로 작용한다고 설명하고 있다.

텍스트 그 자체만 보면 캐서린 하킴의 이야기는 흠잡을 데 없이 그럴듯하다. 하지만 그가 책에서 말한 명제들은 한국의 성형문화를, 그를 둘러싼 많은 현상들을 설명하지 못한다. 결정적인 이유는 '매력'에 대해 우리가 아주 다른 인식을 갖고 있기 때문이다. 캐서린 하킴이 언급한 매력이란 결국 자신이 갖고 태어난 요소를 최대화하고 타인과 유연하게 교류할 것인지의 문제와 연결되어 있지만, 우리는 못생겼거나 뚱뚱한 사람은 '그냥 못생겼거나 뚱뚱한 사람'으로 인식하기 때문이다. 그런 외모를 갖고 있다는 사실만으로 매력과는 거리가 먼 사람이라고 치부해버리기 때문이며, 그럼에도 불구하고 화술이나 미소, 태도를 지켜볼 만큼 인내심을 가져줄 이유가 없기 때문이다.

물론 예쁘고 아름다운 것에 대한 선호는 인간의 본능적 성향이다. 하지만 이 땅에서 아름다움에 대한 입장은 선호를 넘어서 이미 강박에 도달했다는 게 문제다. 외모에 대한 기준이 지나치게 높게 설정된 사회에서 사람들은 무시당하지 않기 위해, 일자리를 얻기 위해, 남들에게 싫은 소리를 듣다가 지쳐서 수술대에 눕는다. 실제로 한 성형외과에서 수술한 남녀 환자 300명을 대상으로 한 설문조사 결과에도 이 현상은 뚜렷이 나타난다. 무려 80.3%가 '성형 전 외모 때문에 불이익을 당했다'고 대답한 것이다. 면접이나 승진, 이성교제나 결혼, 대인관계 등에 어려움을 느꼈다는 것이었다. 남녀노소를 막론하고 성형을 선택하는 사람들이 많아지고 있는 것은, '이대로 있다가는 남들에게 무시당할지도 모른다'는 강박이 사회 전반에 만연했다는 것을 알려주는 지표다.

하지만 바로 이 지점에서 오직 젊은 여성만이 이중 강박의 늪에 빠진다. 성형을 하지 않으면 하지 않은 대로 외모에 대한 지적을 받게 되지만, 성형을 하더라도 그 사실이 알려지면 '성형미인' '사기꾼' '성괴'로 조롱당한다. 수술을 경험한 여성을 '칼 댄 여자'로 표현한 잡지사 임원의 발언도, 따지고 보면 조롱일 수밖에 없다. 남녀 모두 수술대에 올라가도, 오직 젊은 여성만이 그 행위에 대해 조롱받는 것이다. 왜? 젊은 여자의 가치가 결정되는 데에는 외모가 거의 절대적인 영향을 미친다고 믿기 때문이다. 여자의 최고 가치는 외모에 있다고 생각하는 남자들에게, 그러므로 성형은 사기 내지는 기만으로 여겨진다. 그나마 티가 안 나면 용서해주지만, 티가 나게 수술한 것은 대놓고 조롱한다.

수술을 하지 않으면 하지 않는 대로 한소리를 들어야 한다. 얼굴과 상관없이, 자신의 직업적 성취를 이룬 여성에게도 이 룰은 여지없이 적용된다. 심지어 세계적인 권위의 문학상을 받은 작가에게조차도 외모에 대한 지적은 이어졌다. 그가 남자라도 과연 그랬을까? 미인이 아닌 여자의 성취를 평가절하하고 싶은 일부 남자들의 욕망은, 여성을 대등한 존재로 보지 않는 여성혐오와 그 맥락을 같이한다. 그러므로 우리나라에서 여자에게 허락된 답안지는 두 개뿐이다. 날 때부터 아름답든가, 수술을 했지만 그 사실을 잘 숨길 만큼 조금도 티가 나지 않든가.

이런 식의 평가를 누구보다 잘 알고 있는 사람들도 여성이기에, 성형 수술을 경험한 여성들은 그 사실을 끝까지 숨기려고 하거나, 때론 '나는 그래도 성괴는 아니니까' '이 정도는 고친 것도 아니야'라며 '많이 수술한 여성'과 '조금 수술한 나'를 구분하고 선을 긋는다. 수술대에 누울 때만 해도 '이건 나를 위한 투자'라고 스스로의 선택을 긍정하던 여자라도, 남자들에게 '성괴'로 낙인찍히는 건 아닐까, 수술 사실이 알려질까 두려워한다.

행복해지기 위해 성형을 했지만, 자신의 선택에 대해 죄책감을 느끼는 채로 행복해질 수 있을까? 성형이 자랑까지는 아니더라도, 최소한 스스로의 결정에 죄의식을 느낄 필요는 없지 않은가? 수술을 하지 않을 정도로 예쁘게 태어났다면 그것도 좋았겠지만, 좀 안 예쁘게 태어난 것이 잘못은 아니다. 타고난 외모에 만족했다면 그것도 좋았겠지만, 불만이나 위축감을 느꼈다고 해도 잘못은 아니다. 문제가 있다면 그건 외모로 사람을 대놓고 차별하는 문화 그 자체에 있다.

수술 여부 혹은 수술한 티가 나는지의 문제가 내가 나를 어떻게 인식하는가 하는 문제보다 중요하지 않다. 수술을 할 만하면 하는 것이고, 내키지 않는다면 안 하면 되는 것뿐이다. 중요한 건 내가 얼마나 주체적으로 수술을 결정했는지 하는 문제이다. 나를 위해 하는 선택이니 다른 선택들과 마찬가지로 신중하게 여러 가지 요소를 고려해서 결정하고, 그 결정을 후회하지 않을 수 있다면 그걸로 충분하지 않은가?

다만 '연예인 누구처럼 되고 싶다' '얼굴을 완전히 다 바꾸고 싶다'는 생각이 든다면 지금 필요한 건 수술이 아니라 심리 상담일 거다. 마음이 아픈데 얼굴을 고쳤다고 모든 근심이 사라지지는 않기 때문이다. 사람의 얼굴이 가지는 고유한 매력이란 장점과 단점이 적절히 조화되었을 때 얻어지는 것이지, 단점을 전부 없애버린다고 생기는 것이 아니기 때문이다. 또 장삿속에 눈이 먼 일부 성형외과에서는 일단 상담을 받으러 가면 한꺼번에 여러 곳을 수술하길 권유하겠지만, 한 방에 변신할 수 있는 기회라고 감언이설을 하는 곳이라면 조용히 그곳을 나와야 한다. 누군가 가진 고유함을 전부 버려야 한다고 말하는 의사가, 좋은 미적 감각을 갖고 있을 리 없다.

사람은 아름다운 것을 선호하며, 태어난 모습보다 좋은 모습으로 변화할 자유는 누구에게나 있다. 다만 이 명제를 둘러싸고 내리는 선택으로 인해, 그리고 주변의 시선들로 인해, 더이상은 상처받지 않았으면 좋겠다. 스스로에게 좋은 느낌을 갖게 되는 일에 대해 조롱들 좀 그만했으면 좋겠다. 거, 조롱할 시간 있으면 거울들 좀 보시고.

성형 수술대에
오른다는
것에 대하여 2

나는 성형을 했다. 아빠를 쏙 빼닮아서 남자 같은 윤곽을 만드는 데 일조하던 코를 서른 살에 수술해 한결 부드러운 인상으로 바꿨었다. 입이 튀어나와 있어 늘 '화나 보인다'는 소리를 듣기 싫어 2년 동안 치아 교정도 했다. 사실 코 수술보다는 치아 교정이 훨씬 드라마틱한 효과를 내게 선물했다. 사람을 만나 대화하는 직업을 가졌으면서도 입을 벌려 말하는 것에 자신이 없었고 늘 입을 가리고 웃던 나는 그 이후로 성격까지 변했다. 당시로선 도합 세 달치 월급이 넘는 돈을 치과와 성형외과에 내고, 자신감과 쾌활한 웃음을 얻었다.

그렇다. 나는 돈을 주고, 나의 변화를 구매했다. 그리고 나는 이 경험이 하나도 부끄럽지 않다. 그건 나를 위한 현명한 결정이었기 때문이다. 수술과 교정 전의 나는 열심히 살았지만 어딘가 자신감이 결여되어 있었다면, 수술 후의 나는 변함없이 열심히 살면서도 그 시간을 더 즐길 수 있는 사람이 되었기 때문이다.

다만 이제 와서 곰곰이 생각해보면, 이것은 온전히 100%의 자발적 결정은 아니었다. '여자 치곤 인상이 너무 세다' '웃는 모습에 자신이 없어 보인다' '조금만 손대면 훨씬 나을 것 같다'는 주변의 이야기들이 나로 하여금 수술이라는 선택을 하게 만들었기 때문이다. 내가 여성이기 때문에 받았던 외모에 대한 숱한 평가들로부터 나는 완벽히 자유로울 수 없었던 것도 사실이다.

그런데 방송을 통해 얼굴이 알려지고 나서, 인터넷 게시판과 인터넷 뉴스에 '곽정은 성형 변천사' 같은 글이 올라오고 나는 갖가지 조롱의 대상이 되었다. 그들은 내게 예쁜 척하더니 알고 보니 성괴 아줌마라고 했다. 자존감이 없어서 성형한 주제에 누구한테 연애 조언을 하느냐고도 했다. 댓글창으로도 모자라 SNS와 개인 메일함에는, 내가 성형했다는 사실을 부끄러워하길 바라는 글이 차고 넘쳤다.

그런데 나는 그들이 원하는 대로 부끄러워할 이유가 없었다. 그들이 조롱하고 싶어했던 그 얼굴로, 나는 대학 가고 취직하고 연애했고 결혼도 했고 기자로서의 커리어도 쌓았으니까. 남자들에게 선택받고 싶어서 수술한 것도 아니고, 외모로 인정받아 연예인이 되려고 수술한 것도 아닌데, 그저 자기가 보는 방송에 내가 나왔다고 사기꾼 취급을 하다니. 내가 하는 말이 맘에 안 들면 얼마든지 '비판'할 수 있지만, 내 얼굴이 마음에 들지 않는다고 '비방'하다니. 이렇게 날것의 수준을 드러내는 사람들이라니.

더 웃긴 건, 또 어떤 사람들은 내가 수술하지 않은 부분을 가지고 조롱하더라는 것이다. 광대뼈가 너무 많이 나와 있다느니, 짝눈이라느니, 볼에 심술보가 보인다느니, 시청자의 사명이 얼굴 품평이라고 생각하는 사람들마냥 나의 외모를 힐난했다. 그리고 그 순간 나는 정말로 이 상황이 수준 낮은 코미디처럼 느껴졌다. 어떻게 해도 외모를 향한 비난을 피해갈 수 없는 셈이었다. 왜들 그렇게 내 외모에 관심이 많을까? 아마도 딱히 예쁜 구석이 없는 여자가 자신감 있게 말하는 모습을 봐주기 힘들어서가 아니었을까? 예쁘지 않은 여자는 위축되어 있어야 하고 자신감이 없어야 정상인데, 그러지 않은 사람을 인정하기 싫었겠지. 성형 사실이 알려져서 부끄러워하길 바랐겠지만, 미안하게도 앞으로도 그럴 일은 없다.

나는 그다지 예쁘게 태어나지 못했다. 지금도 여러 부분이 예쁘지 않다. 방송 출연을 위해서 정말 열심히 예쁜 옷을 차려입고, 최고의 메이크업 아티스트에게 얼굴을 맡기면 그래도 그날은 꾸민 보람이 좀 있어 보이는 정도다. 하지만 내가 예쁘지 않기 때문에 내가 나를 싫어할 거라고 생각한다면 그건 틀렸다. 기본적으로 나는 내가 좋다. 예쁘지 않아도 나는 내가 좋고, 꾸며서 예뻐지는 날은 조금 더 좋다. 그래서 지금까지 즐겁게 잘 살았다. 미우나 고우나 당사자인 내가 좋아하고 내가 아끼는 이 얼굴과 이 몸에, 제3자들이 왜 이렇게 간섭이 심할까? 내가 미인대회에 나와 '자연미인상'을 탄 것도 아닌데 말이다.

　여자의 외모에 가해지는 숱한 폭력의 언어와 차별을 짧은 시간 동안 강렬하게 경험했던 나는, 앞으로도 낙담 없이 위축됨도 없이 이러한 편견에 대해 말할 것이다. 누군가 외모를 가지고 공격하려 할 때, 위축될 이유가 없다고 말할 것이다. 두려움을 버린 이에게, 편견이란 의미 없는 말들에 지나지 않기 때문이다. 나의 존엄은, 내가 지키는 것이기 때문이다.

'여자의 적은 여자'라는
말에 대하여

며칠 전 〈여성의 일, 새로고침〉이라는 행사에 강의를 하러 다녀왔다. 약 서른 명 정도의 다양한 커리어우먼들이 모인 곳에서 일하는 여성으로서의 내가 경험한 이야기들을 전하고 다양한 질문을 주고받는 그런 자리였다. 이십대 중반부터 사십대 초반까지, 삶의 경험도 모두 다르고 직업도 모두 다른 여성들이 함께하는 자리이기도 했다. 짧은 강연을 마치고 나서 이어진 질의응답 시간.

"여자의 적은 여자라는 말이 있는데, 곽정은씨는 이 말에 대해 어떻게 생각하나요?"

자신은 딱히 자신을 이끌어줄 만한 여자 선배를 만나보지 못했는데, 여성들이 대다수인 잡지사라는 직장에서 일했으니 이에 대해 어떤 경험을 갖고 있는지 궁금하다는 것 그리고 혹시 그렇게 생각하느냐는 것이 질문의 요지였다.

충분히 있을 법한 질문이지만 막상 이런 질문을 받으면 마음 한 켠이 쓸쓸해진다. 자신의 일을 사랑하고 또 일에 고민이 많은 여성들 모임에서조차 여성들은 이 몹쓸 명제로부터 자유롭지 못하다는 생각이 들어서다. 그러나 이쯤에서 나도 솔직히 고백을 해야겠다. 기자 대부분이 여자인 잡지사에서 10년 넘게 직장생활을 하는 동안 나 역시 몇 번은 동료들과 여자 상사 뒷담화를 하며 내뱉었던 말이고, 애초에 아무 의심도 거부감도 없이 받아들였던 말이라는 것을. '여자의 적은 여자'라는 말을 언제 처음으로 들었는지, 또 언제부터 그럴듯한 잠언처럼 받아들이게 되었는지 기억도 나지 않을 정도로 오래전부터 내 의식세계 한 켠을 차지해왔다. 기자의 일이 현장에서는 독립적으로 움직인다고 해도 사무실에 돌아오는 순간 끊임없이 선배나 편집장의 확인과 지시, 평가를 들어야 하는 일이기 때문에 그 과정에서 감정적으로 부딪히거나 부당한 지시라 여겨지는 때도 종종 있었다. 그리고 그런 일이 있을 때면 나는 친구나 동료 등 내 마음을 알아줄 사람들에게 하소연을 했고, 이 뻔한 직장별곡의 결론은 '역시 여자의 적은 여자'로 끝맺곤 했으니까. 세상이 원래 그런 곳이고, 여자는 여자를 키워줄 생각이 없다는 것을 마치 변하지 않는 룰처럼 받아들여야만 그나마 마음이 편해진다고 생각해서였는지도 모른다.

내게 이 질문을 건넨 여성은 나처럼 그냥 여자 상사 복이 별로 없는 사람이었을 터이다. 여자의 적이 여자라고 믿고 싶진 않지만, 둘러봐도 내 편인 것 같은 여성은커녕 서로 시기 질투만 하는 동료들 사이에서 마음이 상했을 수도 있다. 그러던 차에 '여자의 적은 여자'라는 말이 오히려 위로처럼 들렸을 수도 있겠다.

하지만 확실히 해야 하지 않을까? '좋은 여자 상사나 동료를 만나지 못했어'와 '여자의 적은 여자'라는 건 전혀 다른 문장이기 때문이다. '좋은 남자와 연애해보지 못했어'와 '여자의 적은 남자'라는 말이 등치될 수 없는 것과 같은 이치로 말이다. 세상에는 많은 생각의 오류가 존재하고, 일반화의 오류는 그중에서도 수월하게 파악이 가능한 것임에도 불구하고 유독 여성을 범주화하고 대상화하는 명제들에 대해서는 답습되며 쉽게 수정되지 않는다.

왜일까? 이렇게 오류 그 자체인 명제가 '참'으로 받아들여지고 그 믿음이 견고하게 오래 지속되는 이유. 아마도 그렇게 되는 편이 자기에게 유리한 사람들이 존재해서가 아닐까? 여자가 여자의 적이라는 문장은 애초에 여자가 여자의 적이어서가 아니라, 여자가 여자의 적이기를 바라는 사람들이 만들어낸 말일 뿐이다. 사실이 아니라 '그러길 바라는 마음'이 투영된 위선적 표현이자, 여성으로서 서로를 적대시하고, 스스로의 여성성마저 부정하게 만드는 허구의 언어. 여성과 여성이 마음을 열고 고민을 나누고, 더 좋은 결론을 만들고, 함께 연대하기를 원치 않는 이들의 기대가 응축된 언어.

나에게 나쁘게 대하는 남자 상사나 동료를 두고 '여자의 적은 남자'라고 말하는 법은 알지 못하더라도, 여자 상사나 동료와 어떤 식으로든 부딪혔을 때 '여자의 적은 여자'라고 쉽게 재단해버리는 결과가 이 말의 무서운 점이다. 한 번이라도 여자인 사람과 트러블을 겪었다면, 머릿속에 흐릿하게 존재하던 이 명제가 완벽한 '참'이라고 믿게 되며, 그후로는 어떤 식으로든 자신의 이 믿음을 재확인하기 위해 다른 여성에게 경계심을 갖게 되기 때문이다. 즉, '여성'이라는 존재에 대해 스스로가 '라벨링'을 하게 되고 마는 것이다.

여자의 적은 여자가 아니다. 그저 내 주변에 좋은 여성을 만날 기회가 마련되지 않았을 뿐이다. 그리고 나에게 눈엣가시처럼 느껴졌던 그녀도, 애초에 몇 자리조차 제대로 허락되지 않은 조직 내 여성의 위치 때문에 나처럼 불안하고 나처럼 걱정이 많았던 한 사람이 아니었을까. 여성으로서 살아남는 일이 결코 녹록지 않고, 어렵게 입사했지만 쉽게 밀려날 수 있는 조직의 생리를 알아버렸던 것뿐 아니었을까.

그저 서로 성격이 맞지 않았고, 그저 각자의 힘든 시간을 지나고 있었을 뿐이다. 또 나는 인생의 3분의 1을 사람을 만나고 취재하는 기자로 살면서, 자기 스스로의 성공은 물론 함께 일하는 여성들을 위해 연대하고 그 재능을 나누는 여성들을 수없이 목격했다. 여자의 적이 여자라는 말은, 어떻게 보아도 진실일 수 없는 허위일 뿐이다.

내가 상사 때문에 힘들어할 때마다 나를 편들어주고 싶은 마음에 '여자의 적은 여자'라는 말을 수시로 꺼내던 내 친구에게 지금 와서야 묻고 싶다. 나와 사이가 좋지 않고, 왠지 내

가 하는 말마다 히스테리를 부리는 듯하고, 별로 너그럽게 용
서해주지 않는 것 같은 사람을 '적'이라고 규정해야 한다면,
애초에 여자는 뽑을 생각도 없고, "하여간 여자들은 저래서
안 돼"를 입에 달고 다니고, 여자들은 키워줄 필요도 없다고
말하는 사람은 무엇으로 규정해야 한다고 생각해야 하는지.

우리는 너무 쉽게 서로를 적으로 삼고, 함께 손잡거나 머리
를 맞대고 고민할 수 없는 존재들이라고 우리 스스로를 비하
하지는 않았을까. 늦기 전에 이 말을 전해주어야겠다.

"친구야, 우리에게 적이 있다면, 그건 우리가 아무와도 제
대로 손잡지 않고 그 누구와도 조직생활의 힘듦을 공유하지
않으면서 그저 혼자서 외로운 싸움을 하다 조용히 사라지길
바라는, 바로 그 사람이 아니었을까?"

강남역
여성 살인사건에
대하여

이 사건을 다시 떠올리고 글을 쓰는 것만으로도 몹시 힘들고 슬프다. 어느 날 새벽, 한 여성이 일면식도 없던 남성에게 무참하게 살해당한 일명 '강남역 여성 살인사건'에 대한 이야기다. 사건을 처음 들었던 바로 다음날부터 이 글을 쓰는 지금까지도, 이 사건이 내게 준 충격과 슬픔은 한 번도 가벼워진 적이 없었다. 아마 많은 여성들에게도, 마찬가지일 것이다.

언론은 처음부터 '묻지 마 살인사건'으로 이 사건을 명명했다. 가해자와 피해자가 서로 아는 사이가 아니었고 그저 하필이면 그 자리에 그 여성이 있어서 그런 일을 당했을 뿐이니 '묻지 마'라고 손쉽게 그 이름을 붙였다. 그리고 그저 한 조현병 환자의 소행일 뿐, 결코 여성을 혐오해서 일어난 일은 아니라는 경찰과 언론의 발표들이 뒤를 이었다. 하지만 여성들은 지금까지 보아왔던 숱한 묻지 마 사건의 범주에 이 일을 쉽게 넣어버릴 수 없었다. 가장 번화한 거리의 공용 화장실에 드나든 많은 사람들 중 오직 여자가 살해당한 이 사건의 피해자가 내가 될 수도 있었다는 생각을 했기 때문이다. 오랫동안 크고 작은 위협들을 경험해왔지만 그래도 내가 조심하면 괜찮겠지라고 생각했던 여성들에게, 이 사건은 '이것은 내가 조심해서 될일이 아니며 나도 얼마든지 피해자가 될 수 있다'는 강력한 자각과 공포를 불러일으켰다. 혹시라도 무슨 일이 있을지 모른다는 생각에 늘 마음 한쪽이 불편했던 조바심의 기억들이 모두 소환되었다. 언론이 '이것은 여성혐오 범죄가 아니다'라고 힘주어 반복적으로 이야기할 때마다, 여성으로서 느끼는 불안과 피해자에 대한 추모의 마음마저 부정당하는 느낌이었다.

누군가가 붙인 추모의 포스트잇 한 장을 시작으로, 수많은 추모의 목소리가, 고발의 목소리가, 이렇게 살 수는 없다는 저항의 목소리가 이어졌다. 공기처럼 너무도 자연스럽게 존재했지만 누구도 또렷하게 입 밖으로 내어 말하기 어려웠던 '여성혐오'라는 단어는 그렇게 슬프고 참혹한 사건이 있고 나서야 비로소 어려움 없이 말할 수 있는 어떤 것이 되었다.

하지만 나는 기억한다. 여성이었기에 죽음을 당했다는 사실은 슬그머니 지워진 채 '여성들이 나를 무시했다'는 가해자의 말이 헤드라인으로 큼지막하게 실리던 것을. 피해자의 서사가 손쉽게 지워지는 것이야 어제오늘의 일이 아니나, 가해자의 언어가 그토록 비중있게 다뤄지는 것에는 더 크게 분노하지 않을 수 없었다. 한편에서는 일개 정신병자의 소행이라고 하면서, 그 일개 정신병자가 말하는 범죄 동기를 헤드라인에 실어주는 것을 어떻게 이해해야 할까? 사실은 '아무튼 여자들이 조심해야 한다'고, '그러니까 여자들은 남자를 무시하면 안 되긴 안 된다'고 말하고 싶었던 것은 아니었을까? 가해자로서의 남성의 존재는 교묘하게 지워지고, 오직 피해자의 행동거지를 문제삼는 이 비극적 관습은 '여성혐오'라는 단어조차 진지하게 이해할 수 없어 '우리가 여자를 얼마나 좋아하는데'라고 되묻는 남성들을 만들어냈다.

또한 나는 그러므로 기억한다. 한 여성이 죄 없이 무참하게 목숨을 잃는 비극적 사건에 대해서조차 그 손쉬운 생각의 관성을 포기하지 않는, 절반의 사람들이 경험하는 폭력을 인정할 줄 모르는, '잠재적 가해자'라는 단어에 발끈하며 오직 자기 기분 말고는 중요한 것이 없다고 증명해 보이던 남성들도.

사건이 일어난 지 수개월이 지났지만 어떤 면에 있어 이 사건은 여전히 현재진행형이다. 한 여성은 모든 것을 잃고 그 존재가 사라져버렸지만, 살인자는 1심에서 무기징역이 아닌 고작 30년형을 선고받았기 때문이다. '여성을 혐오하였다기보다 남성을 무서워하는 성격으로부터 생겨난 피해의식으로 인해 상대적 약자인 여성을 대상으로 범행을 한 것'이라는 재판부의 의견을 읽고 있다보면, 애초에 '여성혐오'라는 단어를 이 땅에서 지우고 싶은 것이구나, 라는 생각을 하게 된다. 그 어떤 항의도 하지 말고, 그 어떤 목소리도 내지 말고, 여전히 어디서 어떻게 다가올지 모를 잠재적 위협을 두려워하며 지내는 것이 여성에게 허락된 삶이라는 메시지가 보이는 듯도 하다.

그러나 그런다고 해서 사라질 논의가 아니라는 것을, 오직

한 번도 피해자였던 적이 없는 사람들만 모르고 있다. 재판부가 이 사건을 어떻게 규정하든, 언론이 이 사건을 어떻게 조명하든, 이것은 명백한 여성혐오 사건이며 이와 관련한 논의는 이제 멈추거나 사라질 수 없다는 것을 누구보다 여성들 스스로가 가장 강력한 비극적 방식으로 깨달았기 때문이다.

강남역 여성 살인사건 이전과 이후는 같지 않을 것이다. 여성이기에 강요되었던 당연한 불편들이, 사실은 애초에 존재해서는 안 되는 것이었다는 것을 여성 스스로가 깨닫게 되었기 때문이다. 이것을 깨달은 여성 한 사람 한 사람의 삶은, 그 전과 후과 같을 수 없게 되어버렸다.

다시 그 말을 떠올려본다. '이야기되지 않았기에 변하지 않았던 것'이라는 말. 조용히 입다물고 불편을 감수하지 않고, 부당함과 불편함과 그 오래된 편견에 대해 이야기하는 것이 남겨진 과제라는 것을 그 어느 때보다도 선명하게 깨닫고 있다. 예전처럼은 살 수 없는 삶은 그렇게 피할 수 없는 현실이 되었다. 꿈꾸고 바라는 것이 많았을 그녀의 죽음이 나와 우리에게 남긴 무엇이다.

그저 온 마음을 담아, 그녀의 명복을 빈다.

혼자 사는
여자의
주거에 대하여

스물일곱 살의 여름이었던가. 이제 그냥 나 혼자 살아봐도 좋
겠다는 생각이 든 지 며칠 되지 않아서 나는 안락한 부모님
집을 나와 어설프고 충동적인 독립을 감행했다. 그때까지 모
은 돈 1천만 원에 월세 40만 원짜리 복층 오피스텔. 남영역 바
로 옆에 지어진 삭막한 건물이 내 싱글 라이프 최초의 정착지
였다. 하지만 독립의 기쁨도 잠시, 그후로는 매년 이사를 다녀
야 했다. 스물일곱에서 서른일곱까지 10년 동안 여덟 군데의
집에서 살았으니 이사와 월세에 쓴 돈만 생각해도 꽤 큰 금액
이 나올 것이다.

왜 그렇게 나는 이사를 자주 해야만 했을까? 그건 조금이
라도 더 안전한 집을 찾기 위한 고단한 탐색이었다. 야근을 마
치고 늦은 밤 홀로 가슴을 졸이며 집으로 돌아오는 것을 어
떻게든 피해보려고, 나는 매년 내가 가진 돈으로 들어갈 수
있는, 가장 안전해 보이는 집을 계약했다. 그러다보니 매년 이
사를 할 수밖에. 혼자 산 날들이 길어질수록, 야근이 많아질
수록, 또한 귀가중 골목에서 괴한에게 습격당했다는 뉴스를

접할수록, 그 어떤 것보다 안전이 중요하다는 쪽으로 마음이 기울었다. 싱글 라이프의 의미와 목적이 '자유'에서 '안전'으로 변질된 것이다. 저층이 아닐 것, 어두운 골목길이 아닌 대로변에 있을 것, 경비원이 상주하는 곳일 것, 위급할 때 도움을 요청할 수 있을 만한 곳일 것……. 가진 돈은 뻔한데 최대한 안전한 집을 구하려다보니 선택지는 많지 않았다. 그나마 직장에 다니고 있었으니 부담스러운 월세를 감당하고서라도 비교적 안전하고 보안 상태가 좋은 오피스텔을 선택할 수 있어 다행이라면 다행이었을까.

하지만 오피스텔이라고 다 같은 오피스텔도 아니었다. 스물아홉 살쯤이었나. 수중에 겨우겨우 6천만 원 정도를 모아, 서교동에 보증금 6천만 원짜리 오피스텔에 들어갔다. 엘리베이터에서 현관문까지가 꽤 어두운 편이라 조금 마음에 걸렸지만 그래도 월세를 내지 않아도 된다는 생각에 선택했던 그 집에서, 난 계약 기간인 1년을 채 못 채우고 나와야만 했다. 6개월 살았을 쯤, 새벽에 문밖에서 누군가가 도어락을 열려고 했기 때문이다. 덜컥거리는 문을 바라보던 그 공포스러운 순간이 아직도 기억에 선하다. 며칠 후 나는 미련 없이 그 집을 나와 새집을 구했다. 조금이라도 찜찜한 느낌이 들거나 주변환경에서 불안한 요소가 보이면, 절대 그 집을 들어가서는 안된다는 교훈을 배운 채로.

여자 혼자 살기가 참 만만치 않구나 생각했다. 문득 내 처지가 서럽다는 생각도 들었다. 겉으로는 씩씩한 싱글 라이프를 유지하고 있는 것처럼 보였어도, 아무리 대로변의 신축 오피스텔을 구했어도, 그후론 집으로 가는 길에 자꾸만 뒤를 돌아보며 경계하는 행동을 피할 수 없었으니까. 자본주의에서 모든 것은 돈과 직결된다. 조금이라도 비싸면 그 값을 하고, 돈을 덜 낸 사람은 그 차이만큼 단점을 감당해야 한다. 5년 동안 매달 100만 원씩 적금을 부었어도 결국 자다 깨서 덜컹거리는 문의 손잡이를 잡고 공포에 떨어야 하는 집, 보증금 6천만 원짜리 집은 그렇게 자본주의의 냉정한 현실을 선명히 보여줬다.

그날 밤, 덜컹거리는 현관문을 바라보며 한 가지 체념과 한 가지 다짐을 했다. 여성으로서 안전한 귀갓길을 누릴 수 있도록 목소리를 높여 요구하고 더 좋은 시스템이 만들어지길 기대하지 말자, 어떻게든 스스로 알아서 좋은 곳으로 이사 가자, 이렇게 생각했다. 사회적 시스템이 나를 지켜줄 거라는 기대를 접었으니, 의지할 것은 오직 내가 가진 돈뿐이었다. 그리고 그후 몇 년이 지나서 12년간 모은 돈 전부를 보증금으로 내고도 월수입의 상당 부분을 월세로 더 내는 선택을 하고 나서야 비로소 나는 서울 한복판 아파트에 입성했다.

보증금 1억에 월세 100만 원짜리 옥수동의 새 아파트로 이사 가던 날, 2년간 월세 내느라 허리는 휘겠구나 싶었지만 난 그 어느 때보다 깊은 편안함을 느꼈다. 더이상 어두운 골목길을 통과할 일이 없다는 안도감, 늦은 밤 집 앞을 산책하러 나와도 된다는 자유, 혼자 살더라도 크게 눈에 띌 일이 없겠다는 익명성이라는 3종 세트를 마음속에 귀한 선물처럼 받아들었다. 4인 가족을 위해 지어진 방 세 개짜리 아파트에서 홀로 잠을 청하던 첫날 밤, 혼자 독립해 사는 여성으로서 살 수 있는 최고의 집까지 온 셈이라며 나는 나를 칭찬해주었다. 재테크 전문가라면 아마도 내가 내는 월세가 수입에 비해 지나치게 많다고 지적했겠지만, 나는 그 돈이 하나도 아깝지 않았다. 야근하고 돌아오는 길이 불안하지 않고 언제든 산책을 나갈 수 있는 삶이 허락된다면, 나는 내 재능과 에너지를 더 많은 곳에 쏟을 수 있을 거라고 생각했다. 그리고 정말 그렇게 되었다. 좋은 집에서, 좋은 일이 계속 일어났다.

나는 뒤늦게 묻고 싶다. 어째서 10년이 지났는데도 여전히 여자들은 여자라는 이유만으로 밤길을 무서워해야 하는지, 왜 혼자 사는 여자들은 상대적으로 높은 주거비를 내고도 불안에 시달려야 하는지 말이다. 돈이 많지 않으면 넓지도 쾌적하지도 않은 집에 사는 것은 당연한 자본주의의 계산법이다. 하지만 가진 돈이 많지 않기 때문에 안전한 주거를 포기해야 하는 상황까지 당연하게 여겨져서는 안 된다.

이것은 인권의 문제이다. 단지 여자이기 때문에 피해자가될 가능성을 국가가 방치하고 있는 것이기 때문이다. 가해자의 대부분이 남성이고 피해자의 대부분이 여성인 강력범죄가도처에서 일어나고 있는데, 현직 경찰이라는 사람들이 방송에 나와서 '이어폰을 끼고 밤길을 걷지 말라'느니, '밖에서 빨래가 보이게 널지 말라'느니 하는 이야기나 하는 건 무책임한 일이다.

여성 1인 가구를 위해 안전한 소형 주거공간을 학충하는 것, 여성 대상 택시범죄를 미연에 방지할 수 있도록 관련 제도를 정비하는 것, 여성을 대상으로 한 강력범죄에 단호하고 확실한 처벌을 하는 것 등은 위정자들이 부르짖는 '사회 안정, 사회 통합'이라는 가치를 위해서라도 지금 당장 시행해야 한다. 싱글들에게 싱글세를 걷을지 고민하기에 앞서, 여자 혼자 살아도 안전하게 살 수 있는 사회를 만드는 방법을 고민해야 하는 것이 국가라는 시스템에게 부여된 임무다.

최소한의 안전이 지켜지는 사회라고 그녀들이 안도할 수 있을 때, 불안에 떨지 않고도 자신의 일상이 유지된다고 믿을 수 있을 때, 이 사회의 절반을 차지하는 여성이라는 자원은 낭비되지 않을 것이다. 집에 돌아가다 운이 나빠 목숨을 잃을 수도 있는 사회에서, 여성의 모든 행동에는 제약이 걸릴 수밖에 없다.

성추행 옴니버스
영화 같은
여자의 삶에 대하여

네 살쯤이었을까, 아니면 다섯 살쯤이었을까. 그 시기가 정확히 기억나지는 않지만 그때의 상황만큼은 정확히 기억한다. 부모님이 하시던 열 평짜리 작은 페인트 대리점. 아빠는 하루종일 공사 현장에 계시고 엄마는 수시로 페인트 배달을 나가야 했는데, 그렇다고 가게문을 하루에도 몇 번씩 닫을 수는 없었기 때문에 가게를 지키는 것은 언제나 내 몫이었다. 어릴 때부터 가게에서 부모님이 장사하시는 모습을 보아온 탓에 간단한 스프레이나 벽지용 페인트, 롤러 정도는 어른들에게 의젓하고 능숙한 태도로 팔 정도였으니 부모님도 나 혼자 가게에 두어도 괜찮겠다 싶으신 모양이었다.

그렇게 또 혼자서 가게를 지키던 어느 날, 어떤 남자가 가게로 들어왔다. 야구모자를 눌러쓴, 키가 큰 남자였다. 그는 이것저것 가격을 물어보다가, 갑자기 부모님은 어디 가셨냐고 내게 말했다. 난, 엄마는 배달 가셨고 아빠는 일하러 가셨다고 순진하게 대답했다. 사람은 거짓말을 하면 안 된다는 가르침을 받았으니 그렇게 사실대로 말할 수밖에. 그러자 순간,

그는 가게 구석의 낡은 소파에 털썩 하고 앉더니 나를 자신의 무릎 위에 앉혔다. 그리고 내 바지 단추를 열고 지퍼를 내리려고 했다. 어른이 하는 말을 잘 들어야 한다고 배웠으니 잠자코 있을 수밖에. 하지만 뒤이어 그의 손이 내 속옷으로 들어오는 순간, 나는 본능적으로 이건 뭔가 잘못됐다고 생각했다. 그리고 울며 소리질렀다.

"엄마한테 이거 다 이를 거야!"

그는 잠시 멈칫하더니 나를 내팽개치고는 가게 밖으로 도망쳤다. 이것이, 내가 취학도 하기 전에 경험한 최초의 성추행 사건이다.

최초의 사건이자 마지막 사건이었다면 좋았겠지만, 그후로도 이런 일은 끊임없이 벌어졌다. 새벽 등굣길에는 골목길에서 아랫도리를 내놓은 채 자위를 하는 미친놈을 만나 정신없이 뛰어야 했고, 대낮의 하굣길에는 갑자기 목덜미 뒤쪽에서 누군가의 손이 가슴 쪽으로 들어왔는데 너무 무서워서 뒤도 안 돌아보고 냅다 뛰었던 기억도 있다.

성인이 되고서도 이런 일은 끊이지 않았다. 횡단보도를 건너가는데 건너편에 서 있던 남자가 갑자기 내 쪽으로 걸어오더니 "X나 맛있게 생겼네"라고 말하고 가버린 건 약과에 속할 정도다. 회식 뒤풀이로 간 노래방에선 술 취한 상사가 여자 기자들의 티셔츠며 엉덩이 주머니에 만 원씩 꽂아주려는 모습을 보고 기겁해서 도망 나왔고, 해외 취재를 갔을 땐 현지에서 처음 본 다른 취재팀 스태프가 급하게 할말이 있다고 방문을 열어보라기에 열었다가 그 우악스런 팔에 의해 침대에 내던져져 나동그라지기도 했으니까.

그리고 이 모든 일을 경험하고 서른다섯 살이 되어서야, 나는 다섯 살때쯤 페인트 가게에서 경험한 최초의 성추행 사건에 대해 털어놓을 수 있었다. 숱하게 피해자가 되고 나서야, 30년 만에 그 일을 고백할 수 있게 된 것이다. 나는 엄마에게 말했다.

"엄마, 사실 그런 일이 있고 나서 한 시간 후쯤 엄마가 배달을 마치고 돌아왔는데, 나는 차마 그런 일이 있었다고 말할수가 없었어. 어린 마음에도 그런 일을 겪은 게 수치스럽다는 생각이 들었던 것 같아. 다행히 그후로는 그런 일이 일어나지 않았지만, 나는 그 가게에 혼자 있기가 늘 무서웠어."

내 이야기에 충격을 받고 또 자책감까지 느끼는 엄마를 보니 마음은 편하지 않았지만, 더 숨기고 있을 이유도 없었다. 그건 내 탓도 아니고, 엄마 탓도 아니고, 그 성추행범의 탓이었다. 너무 어려서, 너무 당황해서, 마치 내가 그 자리에 있었던 것이 원인 제공을 하기라도 한 것 같아서 '내가 그런 일을 당했어'라고 말할 수 없었지만, 그후로 숱하게 성적 대상이 되는 경험과 또 그런 폭력적인 상황을 맞닥뜨리면서 나는 비극적으로나마 깨달았다. '이건 내 잘못이 아니야'라고 말이다. 그때 그 자리에 있었다는 사실이 잘못이 될 수는 없다. 성추행을 당하고도 차마 그 사실을 말할 수 없었던 다섯 살 여자

아이는, 무려 30년이 걸려서야 과거의 수치스러운 감정으로부터 비로소 해방되었다.

어쩌면 여성들과 이런 이야기를 제대로 나눠본 적이 없는 남자들은, 이 글을 읽고 내가 운이 나빴다고 생각할지 모른다. 어렸을 때부터 행동거지가 좋지 않았나보지, 라고 나를 또 폄하하고 싶을지도 모른다. 그렇다고 모든 남자가 너에게 그런 짓을 한 것도 아닌데 어쩌라는 거냐고 말하고 싶을지도 모른다. 하지만 여자들은 안다. 단 두세 명만 모여도 우리는 이 더럽고 짜증나는 경험담으로 몇 분이고 대화를 이어나갈 수 있다는 것을. 인생을 통틀어 한 번이라도 이런 경험을 하지 않은 여자를 찾기가 더 어렵다는 것을. 여자의 인생은 마치 성추행 옴니버스 영화에 비할 만하다는 것을.

골목길에서, 학교 앞에서, 대중교통에서, 직장에서, 여행지에서…… 다녀야만 하고 다닐 수밖에 없는 모든 장소에서 여자들은 어렸을 때부터 이런 경험을 차곡차곡 겪는다. 그리고 언제든 피해자가 될 가능성이 높은 성별임, 남자를 경계하지 않았을 때 내가 피해자가 되고도 '너는 왜 더 조심하지 않았니'라는 힐난을 당할 수 있는 처지라는 것을 내면화하게 된다. 스스로를 억압하고, 늘 경계하고, 인간으로서 마땅히 누려야 할 권리를 포기해야 한다고 믿게 된다.

어쩌면 이 글을 읽은 어떤 여성은 또다른 공포를 느꼈을지 모른다. 잊고 지내려 했던 불편함과 두려움이 더해졌을 수도 있다. 그러나 내가 최근 읽은 책『악어 프로젝트—남자들만 모르는 성폭력과 새로운 페미니즘』에서는 이런 경험담들이 '당신을 더 벌벌 떨게 해서 집에서 나오지 못하고 조용히 있도록 하라는 게 아니'라고 이야기한다. 더 자세히 알고 더 잘 준비한다면 일이 닥쳤을 때 침착하게 대처할 용기를 낼 수 있지 않겠느냐고 반문한다. 가해자가 한 행동을 분명히 묘사하고, 나쁜 행동임을 분명히 알리라고 말한다. 문제를 지적하고, 그 결과를 설명하고, 원하는 바를 정확히 이야기하라고도 조언한다.

이를테면 버스 옆자리에서 은근슬쩍 허벅지를 만지는 남자가 있다면, "당신 손이 지금 내 허벅지를 만지고 있어요. 정말 불쾌하네요. 그러니까 손 치우세요"라는 식으로. '사소한 성폭력에 적극적으로 대응한 경험이 더 큰 위험이 닥쳤을 때 잘 극복할 수 있는 거름이 된다'고 저자는 조언한다. 또한 육체적으로 폭력을 당할 수도 있겠다는 생각이 들면 목, 무릎, 코, 눈, 성기를 가격하는 것도 방법이 된다고 덧붙이고 있다.

사실 이 책에 나온 조언 중에 한 가지는 특히 기억에 남는데, 그건 바로 '상황을 덜 적대적으로 만든다, 그리고 협상한다'라는 것이었다. 해외 출장 중에 내 호텔방에 난입한 남자를 물리치기 위해 내가 쓴 방법이 바로 이것이기 때문이다. 침대 위에서 우악스럽게 나를 짓누르고 있던 그에게 이렇게 말했다.

"당신을 오늘 처음 보긴 했지만 난 당신이 나쁜 사람이라고 생각하지 않아요. 하지만 지금 내 방에서 이런 식으로 하면 이건 성폭행이 됩니다. 내가 내 발로 당신 방으로 갈 테니 돌아가서 5분만 기다려주세요."

그가 내 협상 제안에 속아주었고 아마 그후론 술에 곯아떨어졌는지, 그날 밤은 안전하게 잠들 수 있었다. (여담이지만, 그날 밤 이후로 매일 밤 뉴질랜드 현지 스태프가 나를 호텔방까지 데려다주었다. 매일 밤 호텔방에 데려다주는 뉴질랜드 남자를 보고 한국 스태프들은 내가 그와 눈이라도 맞았을 거라 생각했겠지만, 그는 일정 내내 시종일관 무례한 태도를 보이던 그 남자가 성폭행까지 저지르려고 했다는 걸 알고 나와 함께 분노해주고 나를 보호해주려 한 '게이'였다.)

시간을 돌려 다시 내가 그런 일들을 겪던 때로 돌아간다면, 나는 지금 이렇게 털어놓은 것처럼 조금도 부끄러워하지 않고 내 경험을 말할 것이다. 그리고 가해자에게는 그러지 말라고 면전에 대고 단호하게 이야기할 것이다. 다섯 살부터 삼십대까지, 단 한 번도 안전하다고 느낀 적 없던 시간을 되돌리기 위해 노력할 것이다. 남자의 성욕은 당연한 본능으로 치부되고 여자의 피해 사실은 수치스러워야 마땅하다고 인식되는 이 사회에서 사는 일은 여전히 고단하지만, 그저 침묵하는 것으로는 아무것도 바뀌지 않는다. 우리는 더 떳떳하게 설치고, 말하고, 떠들어야 한다. 여자라는 이유로 불안에 떨어야 하는 세상은 불합리한 것이라고, 이에 침묵하거나 피해자 탓을 하는 것은 옳지 못하다고, 더 많은 여자들이 또한 더 많은 남자들이 함께 떠들어야 한다. 그렇게 했을 때, 세상은 조금씩이라도 좋은 방향으로 변화하지 않을까?

침묵이 아니라 이야기하는 쪽을 택할 때, 당한 사람은 아무 잘못이 없다는 걸 받아들일 때, 피해자를 줄일 수 있다. 성폭행 옴니버스 영화 같은 삶은, 이렇게 우리 손으로 끝내야 한다. 그저 피해자가 되었을 뿐인데 수치스러움을 느껴야 했던 과거의 자신을 떠나보내는 것부터 시작했으면 좋겠다. 그리고 또 누군가가 나에게 폭력적인 행동을 한다면 어떻게 대응할 것인지를 미리 생각해보는 것도 필요하다. 살면서 한 번이라도 피해자가 되었던 당신에게, 피해자의 한 사람으로서 위로를 나누고 싶다.

규정짓기 좋아하는
남자에 대하여

10년 전쯤이었을까? 늦은 오후 나는 강남의 도산대로 부근에서 외근을 마치고 사무실로 가기 위해 택시를 탔고, 여느 때처럼 아무 생각 없이 밖을 내다보고 있었다. 신호등에 걸려 택시는 서 있었고, 그 순간 골목길에서 나온 검은색 벤츠는 운전석 창문을 연 채 차도로 진입하고 있었다. 바로 그때였다. 택시 기사는 이렇게 이야기했다.

"아가씨, 그거 알아요? 이 시간에 저렇게 외제차 끌고 이 동네 돌아다니는 여자들은 말하자면 다 술집 애들이라고 보면 돼요. 일 나갈 준비하는 거지. 젊은 여자가 정상적인 일을 해서 저런 차를 탈 수가 없잖아. 안 그래요?"

같은 '젊은 여자'지만 내가 모르는 진실을 알려주기라도 하겠다는 듯 비밀스러운 표정으로 말하던 그는 검정 벤츠를 향해 경멸 가득한 시선을 보내더니 서둘러 목적지로 향했다. 뭐라고 답을 하기도 안 하기도 애매한 몇 초가 그렇게 지나갔다. 그리고 그날 이후로 나의 생각이 묘하게 달라졌다. 350만 원짜리 낡고 작은 경차를 중고로 장만해 다니고 있었던 당시의 나에게 번듯한 외제차를 타고 다니는 내 또래 여성이란 그저 부러움의 대상일 뿐이었는데, 어쩐지 그런 비싼 차를 운전하는 여자를 볼 때면 나도 모르게 택시 기사가 말한 이야기를 믿는 나 자신을 발견하게 되었다. '아마 저 여자…… 맞겠지?'

오래전의 짧은 에피소드가 이제 와서 새삼 떠오른 건, 최근에 비슷한 내용을 담고 있는 글을 SNS에서 접할 기회가 있었기 때문이다. '업소녀 구별법'이란 그 글은 소위 '업소'라 불리는 곳에서 일하는 여성을 어떻게 알아보는지에 대해서 무려 열 가지의 체크리스트로 말하고 있었다. 그때보다 10배는 구체적으로 변한 이 체크리스트가 사람들에게 공유되고 있는 것을 보니, 오래전 내가 만난 택시 기사의 이야기가 떠오르지 않을 수 없었다. 그리고 더불어, 그때 그의 이야기를 듣고도 '아 정말 그런가보네'라고 생각하며 외제차를 타고 다니는 젊은 여자를 의심스러운 눈빛으로 보곤 했던 나의 바보 같은 모습도 한꺼번에 떠올랐다.

10년 전이나 지금이나 변하지 않은, 아니 더 구체적으로 진화한 '업소녀' 구별법. 그러나 이것은 그 자체로 이 사회의 여성이 받는 대접이 어떤 상황인지 정확히 드러낸다. 틀림없이 술집에서 일한다는 그 증거들의 대부분이, 남들 일할 때 일하지 않는데도 여유 있는 생활을 누리는 것처럼 보이는 모습이기 때문이다. 처음엔 질투였겠지만, 이내 경멸이 되었을 그들의 그 시선. 낮에 트레이닝복을 입고 한가하게 개와 산책한다거나, 외제차를 타고 다닌다거나, 데이트할 때 돈을 부담하는 것, 월세가 높은 집에 거주하는 것, 비싼 액세서리를 좋아하는 것 등이 이 체크리스트에 존재하는데, 이건 오래전 그 택시 기사가 내게 건넨 말과 비슷한 맥락일 뿐이다. 젊은 여자가 자기 힘으로 떳떳하게 벌어서는 저런 돈이 있을 리 없다는 거다.

비싼 차를 타는 젊은 여자만 유독 의심을 받는다는 건 그만큼 이 사회가 여자보다 남자에게 월등히 유리함을 역으로 증명한다. 날 때부터 부잣집에서 태어난 여자도 많고, 남들보다 훌륭한 수완으로 사업을 일으킨 여자도 얼마든 있고, 좋은 집보다는 좋은 차에 관심이 많은 여자도 있는데, 어째서 이런 후려치기식의 경멸이 자연스럽게 받아들여지고 있을까? 여자의 부와 여유란, 남자를 통해서가 아니라면 결코 얻어지지 않는 것이라고 믿는 사람들이 너무나 많기 때문이 아닐까? 떳떳한 노동을 통해 큰돈을 버는 남자는 존재할 수 있어도, 떳떳한 노동을 통해 큰돈을 버는 여자는 가능하지 않다고 자신들의 편견을, 그리고 이 사회의 불평등한 구조를 이미 스스로 증명하고 있는 모양새가 아닐까?

하지만 이런 경멸은 단지 여성에 대한 편견 어린 시선에 머무는 정도로 끝나지 않는다. 가장 큰 문제는 오직 여성만이 이 시장에서 경멸의 대상으로 낙인찍힌다는 것이다. 실제로 성을 활발하게 구매하는 대다수 한국 남자들에 의해 우리나라의 성매매 산업이 발전해왔다는 사실은 아무렇지도 않게 증발해버리고, 성매매 업소에서 여성을 고용해 실질적 이득을 취하는 남성인 포주의 존재도 사라져버린다. 오직 몸을 통해 돈을 번 여성에게만 이 주홍글씨가 새겨지는 것이다. 성매매를 하게 된 개인적 배경이나, 그녀들이 지금 어느 정도의 폭력적인 상황에서 일을 하고 있는지는 조금도 중요하지 않다. 오로지 그곳에서 일한다는 사실만으로 비난받는다. 그녀들이 누군가의 돈을 갈취했나? 스스로 와서 정해진 가격을 지불한 것인데 왜 이토록 경멸을 받아야 하나? 정말이지 '너희 중에 죄 없는 자만이 돌을 던지라'고 말하고 싶어지지만, 단지 성매매 업소를 다니지 않는다고 해서 이분법으로부터 완벽히 자유로울 수 있는지는 모르겠다. 업소를 다니지 않지만 "저 여자 꾸민 걸 봐서는 아무래도 술집 여자 같아"라고 이야기하는 남자는 물론 여자도 심심찮게 만나기 때문이다.

여자의 외모나 행동을 보고 술집에서 일을 하는지 아닌지 구분하는 시선은 더불어 그 자체로 여성의 존재를 양분해 생각하는 관점이라 문제가 된다. 성을 판매하는 여성은 판매하는 여성이라는 이유로 경멸의 대상이 되고, 그렇지 않은 여성은 여성대로 실제로 어떤 일을 하고 있건 '몸을 팔지는 않는 여성'으로만 인지되기 때문이다. 이 기준에 의하면 어쩔 수 없이 '업소녀'와 '비업소녀'로 구분되는 것이다. 그러니 어떤 여성이든 이 이분법에서 자유로울 수 없고, 경멸을 피할 수도 없다. 결국 언제든 외모나 주거, 소유물에 의해 의혹과 폭력적인 시선을 받는 사회에서 정말로 어느 여성이 성매매 업소에 다니는지의 여부는 중요한 문제가 아니다. 여성을 '몸을 파는 여자' '안 파는 여자'로 구분하는 사람에게 모든 여자는 그저 '잠정적으로 몸을 팔 수도 있는 존재' '그래봤자 너희는 7만 원짜리'로만 이해되기 때문이다.

인간을 인간으로 보지 않고 여성을 그저 구매할 수 있는 존재로 인식하는 저열한 여성혐오로부터, 내가 만났던 택시기사든 '업소녀 구별법'이라는 게시물을 공유하며 좋아했을 수많은 사람들이든 자유롭지 못하다. 또한 여성혐오의 가치관으로부터 나온 '업소녀 구별법' 따위에 준해 보았을 때 '나는 트레이닝복을 입고 낮에 돌아다닐 일도 없고, 비싼 차나 오피스텔하고는 무관하니 술집 여자로 오해받을 일은 없겠네'라며 그 구분법에 순응하고 자신을 대입하는 것 역시 여성의 여성혐오에 해당한다.

논현동에 있는 헬스클럽에서 운동을 마치고 젖은 머리로 신사역에 있는 사무실로 야근하러 걸어서 돌아올 때, 사무실에서 새벽 세시쯤 야근을 마치고 택시를 잡을 때, 나를 위아래로 훑어보던 어떤 남자들의 굶주린 듯한 시선을 나는 또렷이 기억한다. 이 시간에 여자가 이 거리를 혼자서 돌아다니는 건 자연스러운 일이 아니라는 듯이, 여자가 이 시간에 그렇게 당당한 표정으로 이 거리를 다니는 게 이해가 안 된다는 듯이. 조금이라도 네가 몸을 파는 여자처럼 보인다면 나는 그 틈을 놓치지 않을 거라는 듯이. 그때는 설명할 수 없이 묘하게 불편했던 그 시선이, 온갖 형태의 유흥주점이 몰려 있는 도산대로를 지배한 정서로부터 나온 것임을, 나는 한참의 시간이 지나고 나서야 알게 되었다.

낮 열두시, 아파트에서 트레이닝복 차림으로 강아지를 데리고 나와 검은색 벤츠(!)에 태운 뒤 동물병원에 맡기고 유유히 운동을 하러 가는 것, 이것이 요즘 나의 일상이다. 업소녀 구별법이라는 게시물을 진지하게 마음에 새긴 사람에게, 난 합당한 의심을 사기 딱 좋은 모습으로 살고 있다. 그런데 그런 사람들에겐 좀 미안하지만 나는 누구에게도 책잡히지 않을 떳떳한 방식으로, 여느 남자보다 훨씬 많은 돈을 번다. 그리고 매달 일정액을 내가 원하는 곳에 기부한다.

자신보다 돈을 쉽게 버는 여자를 의심스러운 눈길로 낙인찍고 싶어하는 마음을 모르는 바 아니지만, 내가 전해줄 수 있는 말은 그저 '부러우면 지는 것'이라는 말뿐이다. 여자에게 지는 걸 못 견뎌 하는 어떤 남자들의 자존감이라는 것은, 어쩌면 '그래도 내가 여자보단 낫다'는 생각으로 이루어진 것일지 모른다. 누군가를 경멸하고 낙인찍어야만 유지되는 이의 자존감이란 얼마나 비루한 것인가? 세상의 절반을 동등한 주체로 인식할 줄 모르는 존재에게 허락된 건 도태뿐이라는 것을, '업소녀' 운운하는 남자들이 하루라도 빨리 알길 바란다.

뻔하디뻔한
결혼식 풍경에
대하여

내 또래 친구들은 결혼을 했거나 혹은 이혼을 한 상황이라서 요즘은 예전만큼 누군가의 결혼식에 초대받을 일은 많지 않다. 일 때문에 알게 된 사람이라든가 남자친구의 지인이 결혼할 일은 좀 있긴 하지만. 그런데 그렇게 자주는 아니어도, 누군가를 축복하러 간 자리에서 나는 늘 조금은 생각이 복잡해져서 집으로 돌아온다. 화려한 식장이며, 고급스럽기 그지없는 웨딩드레스며, 호화 휴양지로 떠나는 허니문이며 모두 부럽기도 하지만, 식을 다 보고 돌아오는 길에는 어쩐지 알 수 없는 쓸쓸함이 남곤 하는 것이다.

쓸쓸함이 느껴질 수밖에 없는 첫번째 이유는 참을 수 없을 만큼 인스턴트한 예식 분위기이다. 결혼이라는 지상과제를 실천에 옮기기만 해도 큰 숙제를 해결하는 셈이라 굳이 대관료를 많이 내가면서 유난스럽게 긴 예식을 할 필요가 없다는 걸까? 긴 예식을 보게 하자니 하객들에게 민폐를 끼친다고 느낀 걸까? 결혼하는 두 사람이 어떤 사람인지, 어떤 사랑을 해왔는지, 알 수도 없고 알 필요도 없다는 생각이 결혼식 문화를 지배하고 있는 느낌이다. 그 와중에 사회자가 진행 욕심이 지나쳐 너무 과한 개그를 선보이거나, 주례사가 온통 신랑 신부의 학벌과 경력 사항을 나열하는 지경에 이르면 한숨이 절로 나오고 '왜 민망함은 내 몫인가'라며 먼산을 보게 된다. 마음 깊은 곳에서 축하해주고 싶지만, 30분 안에 모두 끝나버리고 마니 그저 잠시 화려한 쇼를 본 느낌 그 이상도 이하도 아니라고 하면 남들 다 하는 결혼식에 대한 내 기대가 너무 큰 것일까? 결혼식의 하드웨어는 실컷 구경하고 오지만, 정작 진짜 그 안에 무엇이 들어 있는지 소프트웨어가 느껴지는 결혼식은 참 보기 어렵다. 가문과 가문의 결합이라는, 결혼은 일생일대의 성스러운 의식이라는, 그 과한 의미 부여가 사람들로 하여금 특별한 상상을 할 수 없게 만드는 것일까?

다들 약속이나 한 듯이 똑같이 흘러가는 예식의 절차 중에서도 내가 가장 경악할 수밖에 없는 건 아무렇지도 않게 울려퍼지는 결혼에 대한 불평등하고 가부장적인 메시지들이다. 맞벌이가 분명한 상황에도 이 시대착오적인 가부장적 메시지는 변함없이 강조된다. 아침에 상대방의 식사를 챙겨주겠다는 말은 언제나 신부의 몫이 되고, 둘이 함께 분담하는 것이 당연한 집안일을 '돕겠다'고 표현하는 신랑은 그러고도 의기양양하다. 시집을 가면 그 집 귀신이 되어야 한다는 말까지는 나오지 않는 시대가 되었다 해도, 그저 표현만 교묘히 바뀌었을 뿐 여전히 결혼한 여자의 자유는 남자의 행복을 위해 제한되어야 한다는 이야기가 로맨틱한 배경음악과 함께 아무렇지 않게 설파되는 것이다.

특정 종교를 문제삼고자 함은 아니지만, 여기에 종교적인 색채가 더해지면 이런 현상은 간혹 더 심각해진다. 하와는 아담의 갈비뼈 하나로부터 만들어진 존재이기 때문에, 여자는 남자에게 속한 존재이고 그래서 결혼 후에 무조건 남자에게 순종하고 그 말을 따라야 한다는 주례사를 들은 적이 한두 번이 아니다. 가부장적 사고방식과 개신교의 메시지가 조우해 탄력받은 사상 최고의 불합리라고 해야 할까. 일터에서 똑부러지게 자신의 커리어를 쌓아가던 내 친구들 나의 후배들이 그토록 불평등함을 담고 있는 메시지를 아무렇지도 않게 받아들이고 수줍은 미소만 짓는 모습을 보면, 나는 저 새하얀 드레스에 혹시 무슨 마법이라도 부려놓은 것은 아닌지 의심해보게 되는 것이다.

행복하기 위해 결혼을 선택한 사람들의 결혼식에서 내가 너무 과한 상념에 빠져버린 걸까? 하지만 결혼을 둘러싼 수많은 통계들이, 결혼 이후의 여성의 삶이 어떤 식으로 왜곡되며 많은 기회로부터 차단당하는지 또한 얼마나 불평등한 위치에 놓이게 되는지를 설명한다. 통계청의 2015년 상반기 지역별 고용조사에 의하면 삼십대 기혼 여성 열 명 중 네 명이 경력 단절 여성으로 나타나는데, 이렇게 경력 단절을 경험하는 가장 큰 이유는 당연히 출산과 육아 때문이다. 출산도 육아도 오롯이 여성의 몫인 채로 여성이 직장생활과 가정을 병행할 수 없는 구조이다보니 울며 겨자 먹기로 자신의 직업을 포기하게 되는 것이다. 게다가 4~5년 정도 경력 단절을 경험하면 그후에는 결혼 전의 커리어를 결코 유지할 수가 없다. 일반 기업체에 다니던 여성이, 학습지 교사나 마트 직원밖에는 할 일이 없게 되는 것이다. 자기 자신을 책임질 수 있었던 여성이, 가정에서는 "겨우 그 돈 벌려고 애 놔두고 일 나가냐"는 말을 듣다가, 아이 학원비라도 벌기 위해 다운그레이드된 커리어로 내몰리는 이 과정은 우리에게 시사하는 바가 크다. 경력 단절 남성은 없고, 오직 경력 단절 여성만이 사회문제가 된다는 현상 역시 결혼이 여전히 여자의 일방적인 희생을 통해 유지되는 제도임을 역설적으로 알려준다.

최근에는 이런 일도 있었다. 모 국회의원의 선거운동본부에서 뚜렷한 능력을 보여주었고 곧 보좌팀으로의 발령이 확실했던 나의 지인은 이런 이야기를 듣고 말았던 것이다.

"능력으로 보면 당연히 함께해야 맞지만, 그래도 OO씨는 돈 벌어오는 남편이 있잖아요. 그래도 그분들은 본인이 돈을 안 벌면 안 되는 가장들이니, 정말 미안하지만 OO씨가 양보해줘요."

그녀는 어떻게 이런 이야기를 대놓고 하면서 일자리를 포기하라고 할 수 있느냐며 분노했다. 결혼을 안 하면 이기적이라고 욕을 먹고, 결혼을 하면 한 대로 '너는 가장이 아니'라며 일자리의 양보를 강요당하는 것이 한국에서 살아가는 여성들의 실상이다.

가정 내에서도 불평등은 이어진다. 작년에 여성가족부와 통계청이 발표한 '일-가정 양립지표'에 따르면 맞벌이 가정에서 여성의 가사노동 시간은 하루 평균 3시간 14분이었고, 이에 비해 남성은 겨우 40분이었다. 더 놀라운 사실은 5년 전의 통계와 비교해도 남성의 가사노동 시간은 고작 3분 늘어났을 뿐이니 얼마나 많은 남성들이 '가사노동은 어찌됐든 여자의 일'이라고 생각하며 사는지 알 수 있다. 결혼식장에서 "와이프를 도와 집안일을 잘하겠습니다"라는 아들의 선언이 내심 못마땅할 부모들이 있을지는 몰라도, 애초에 둘이 함께해야만 하는 일을 두고 '누가 누굴 돕는다'는 식으로 생각하는 것 자체가 말이 안 된다는 얘기다.

결혼하고 싶은 남자가 있다면 그가 지금 집안일을 어떻게 대하는지 꼭 한번 확인해보라고 하고 싶다. 자신의 어머니에게 전적으로 맡겨두고 있다면, 자기 스스로를 위해 아무 요리도 할 줄 모르는 남자라면, "빨래는 세탁기가, 청소는 청소기가 해주는 것 아니냐"는 말을 한다면, 그 남자를 선택해서는 안 된다. 결국 "그렇게 사소한 일은 원래 여자가 하는 거야"라는 말을 듣고 분노를 느끼는 것은 당신의 몫이 될 테니까.

오랜만에 또하나의 청첩장을 받았다. 이번에 내가 가게 될 결혼식에서는 조금 다른 이야기를 듣게 될까? 로맨틱한 결혼식 연주 음악을 들으며 쓸쓸한 웃음을 지을 일이 없기를, 정말 가슴 가득히 축하해줄 수 있는 결혼식에 참여하게 되기를,

하고 바란다. 행복한 결혼식을 했다고 해서 꼭 행복하게 사는 것도 아니겠지만, 이건 아니다 싶은 결혼식을 하고도 행복하게 지내는 커플은 별로 보지 못했기 때문이다.

'어장 관리'라는
단어에
대하여

이십대 여성에게 특히 인기가 많은 빈지노라는 가수가 부른 〈Aqua Man〉이란 곡이 있다. 빈지노 특유의 부담 없고 또렷하게 들리는 랩이 좋아 몇 곡 듣던 와중에, 이 노래에서 멈칫할 수밖에 없었다. 쉽게 자신을 선택하려 들지 않는 여성을 거대한 어장을 관리하는 존재로, 그리고 자신은 그 거대한 어장 속을 유영하는 '아쿠아 맨'으로 표현한 가사가 스타일리시한 래퍼의 목소리를 통해 흘러나오는 것을 보면서 어장 관리라는 닳고 닳은 말을 다시금 떠올렸다.

솔직히 나는 이 '어장 관리'라는 단어가 불편하다. 자기 뜻대로 관계가 빨리 가까워지지 않고 상대방이 미적거리면 여지없이 따라붙는 표현이기 때문이다. 내 옆에 단 한 사람을 두겠다고 결심하기까지 더 많은 정보와 확신이 필요한 사람도 있고, 더 많은 사람과 교류를 나눠보고 싶은 사람도 있지만, 그저 자기 뜻대로 되지 않았다는 것 하나만으로 상대를 '밀당' 한다느니 '어장 관리' 한다느니 하는 말로 치부하는 다급한 욕망이 드러나는 표현이기 때문이다. 연애의 시작은 두 사람이 동의해야 가능함에도 불구하고, 자신을 곧장 선택해주지 않는다는 이유로 많은 이들이 이런 표현을 쓴다.

그리고 많은 경우, 남자의 어장 관리보다 여자의 어장 관리가 도덕적으로 더 많은 공격을 받는다. '열 여자 마다하는 남자 없다'는 표현은 있어도 '열 남자 마다하는 여자 없다'는 말은 없고, '여자는 자기가 좋아하는 남자보다 자기를 좋아해주는 남자를 만나야 행복하다'는 말이 잠언처럼 여겨지는 사회이기 때문이다. 그래서일까, 자기를 받아들여주지 않는 여자를 '어장 관리녀' '밀당녀' '철벽녀'로 치부하던 남자들의 마음은 결국 끝끝내 자신이 선택되지 않을 경우 그녀를 향한 일차원적인 분노로 치환되며, 그녀가 가진 젊음이나 매력을 폄하하는 것으로 결론을 맺는다. 〈Aqua Man〉의 후렴구 가사 'bitch you gotta get yo mind right(나쁜 년, 마음을 곱게 쓰는 게 좋을 거야 정도로 해석된다), 너의 얼굴과 몸이 영원할까' 처럼. 그저 자신이 선택받지 못했다는 이유만으로, 늙으면 너도 별 볼 일 없을 거라는 저주를 내리고 마는 것이다.

하지만 자기의 마음만 중요하고 남의 마음은 중요한 줄 모르는데 연애가 잘될까? 이 표현 자체가 가지는 지극히 자기중심적인 성향은, 아무에게나 이 표현을 즐겨 쓰는 사람이 과연 연애를 잘 지속할 수나 있을까 하는 의구심마저 들게 한다. 설사 사람을 갖고 노는 수준으로 이랬다저랬다 하는 상대를 만났다고 해도, 그건 '그년이 역시 어장 관리녀'이어서가 아니라, 내가 그런 상대밖에 안 되기 때문은 아닐까? 자기가 좋아하면 상대방도 당연히 좋아해야 한다는, 말도 안 되는 일방통행식 관계를 사랑이라 착각하고 있었던 것은 아닐까? 모든 관계를 자신의 뜻대로 통제하고 싶었던 것은 아닐까?

상대방의 마음을 헤아릴 준비 따윈 없이 오직 자기 마음만 소중하다고 말하는 이들에게 허락된 연애 감정이, 어장 관리나 밀당에 머무는 건 너무 당연하지 않은가. 어장 속에 들어있는 자기 자신을 나르시시스트적으로 바라보는 듯한 이 노래의 가사에서 읽히는 것은, 원하는 건 뭐든 다 보상처럼 얻어왔지만 여자의 마음만큼은 맘대로 얻지 못해 생겨버린 자격지심에 다름아니다. 서로의 마음을 읽거나 소통한다는 이해 없이, 타인을 오직 욕망의 대상으로 생각하는 사람에게 허락되는 연애가 그저 초라해지는 것은 당연한 결과다.

텔레비전을
볼 때마다 느끼는
유감에 대하여

나는 요즘 예전만큼 즐겁게 텔레비전을 보지 못한다. 적적한 마음에 텔레비전을 켜두고 소리만 흘려듣는 일도 좀처럼 하지 않은 지 꽤 되었다. 아무 생각 없이 텔레비전을 볼 때는 미처 느끼지 못했던 부분들이, 이젠 너무도 눈에 잘 보여서인 듯하다. 여성으로서 살아가는 일에 대해 생각을 하면 할수록 텔레비전 앞에 앉아서 웃는 일이 참을 수 없이 순진하게 느껴지게 됐다고 해야 할까. 대중문화 속의 여성상이 왜곡되었다는 이야기가 어제오늘의 일은 아니지만, 최근 몇 년 사이에 왜곡의 양상이 점점 다양해지고, 그 정도가 심해지고 있는 것은 사실이다.

　가장 심한 건 코미디 프로그램이다. 풍자와 해학은 찾아보려야 찾아보기 힘들고, 약자에 대한 조롱과 외모 비하만이 넘실댄다. 못생긴 남자 캐릭터보다 못생긴 여자 캐릭터가 훨씬 많이 조롱받는다. 남자는 외모보다 성격이 중요하지만, 여자는 외모가 전부라는 생각을 그런 식으로 드러내는 건가? 지금보다 민주화가 덜 진행되었던 1980년대에도 정치 풍자 코너는 그 명맥을 유지했는데, 지금은 그 흔했던 정치인 성대모사조차 찾아보기 힘들다.

하지만 안타깝고 화가 나는 건 바로 이 지점이다. 소위 지도층이라 불리는 사람들을 개그의 소재로 삼기 힘든 사회적 분위기가 된 이후부터, 유난히 여성을 비롯한 상대적 약자를 개그의 소재로 삼는 장면들이 더 많이 목격되고 있다는 것. 강자를 풍자할 수 없으니, 약자를 조롱하는 것으로 분량을 채울 수밖에 없다는 건가? 대부분의 코미디 프로그램에서 여성은 '예쁜 외모로 인생 편하게 사는 여자' 혹은 '못생겼는데 미련하고 우악스러운 여자'로 양분되며, 이러한 이분법 속에서 여자는 어떤 식으로든 긍정적일 수 없는 존재로 비춰지곤 한다.

아무 생각 없이 스트레스 풀려고 보는 프로그램을 왜 그렇게 진지하게 보느냐고 묻고 싶은 사람도 있을 것이다. 하지만 그저 한번 웃고 휘발되어버릴 값싼 감정을 위해서, 인간은 누구나 평등하고 외모나 성별이나 사회적 위치로 조롱받지 않을 권리가 있다는 당연한 명제가 훼손되어도 좋은 것일까? 예전에 장동민씨가 이혼가정 자녀를 소재로 조롱하는 개그를 했다가 문제가 되었던 코너는, 약자에 대한 비하가 선을 넘어도 한참 넘은 상징적 결과물이었다. 여성비하적 콘텐츠를 여과 없이 만들다보니, '어디까지 건드려도 좋은가'에 대한 기준이 무너져내린 것이다. 문제를 제기한 시청자들 덕에 제작진이 사과를 하긴 했지만, 아마도 그들은 다음주에도 그다음 주에도 끊임없이 여성의 외모를, 여성의 감수성을, 그리고 여성의 어떤 부분이라도 비하하고 조롱하며 웃음을 끌어내려고 할 것이다. 특정한 타입을 만들어 조롱의 대상으로 삼는 방식으로, 한국 코미디계는 너무나 오랫동안 아무 문제의식 없이 손쉽게 장사를 해왔기 때문이다.

하지만 언제까지 이런 식으로 수준 낮은 콘텐츠를 만들어댈 것인지에 대해서는 제작진과 코미디언들 모두 고민이 필요하지 않을까. 우리 모두 어떤 식으로든 상대적 약자가 될 수밖에 없는데, 오직 아직까지도 그것을 깨닫지 못한 사람들만이 지금의 개그 프로그램을 아무 생각 없이 즐기고 있기 때문이다.

개그 프로그램만큼이나 요즘 나를 실망시키는 건 여성 가수들의 노래들이다. 특히 데뷔하자마자 엄청난 팬덤을 일으켰던 트와이스의 노래 〈CHEER UP〉이 그랬다. '여자가 쉽게 맘을 주면 안 돼, 그래야 니가 날 더 좋아하게 될걸'이라든가, '나도 니가 좋아, 상처 입을까봐 걱정되지만 여자니까 이해해주길'이라는 가사들. 자신의 마음을 솔직하게 표현하지 않는 여자가 여자답다고 말하는 가사를 2016년에 보게 되다니.

예쁜 외모의 파워풀한 퍼포먼스를 펼치는 이 걸그룹의 노래를 들으면서, 어떤 여자들은 '역시 여자는 솔직하면 안 돼'라고 생각할지도, 또 어떤 남자들은 '역시 여자들은 다들 내숭덩어리야' 혹은 '나를 좋아하면서 티를 안 내는 걸 거야'라고 믿고 싶어질지도 모른다. 세련되고 톡톡 튀는 감성의 아름다운 걸그룹이 할 수 있는 이야기가 고작 '여자는 쉽게 마음을 주면 안 돼'에 그치는 것은 소모적이다. 여자의 NO는 사실 YES라는 남자들의 오래된 착각이 더욱 공고화되는 데에, 이 아름다운 소녀들의 노래가 조금 일조했다고 말한다면 지나친 억측이 될까? 남자든 여자든 자신의 감정을 솔직하게 표현하는 것이 건강하고, 상대방의 NO를 NO로 받아들이는 것이 진정한 존중이며 배려라는 인식이 없는 사회이니까 이런 가사도 존재할 수 있겠지만.

사실 거의 많은 여성 가수의 노래 가사들이 그 수준을 크게 벗어나지 않는다. 철저히 삼촌 팬의 욕망을 대변한 상품으로 기획되거나, 이미 왜곡된 시선을 가지고 가사를 쓰면서 그것을 소위 'SWAG'이라 착각한다. 여자 스스로를 늑대에게 물려가는 수동적 존재로 묘사하거나(AOA의 〈짧은 치마〉), 자신을 괜찮은 여자로 표현하기 위해 가상의 여자를 공격(제이스의 〈성에 안 차〉)한다.

물론 모든 노래 가사가 늘 대단히 철학적이거나 세상을 은유할 필요는 없다. 한 줄 한 줄 페미니즘을 담고 있을 이유는 더더욱 없다. 하지만 대놓고 여자를 공격하고 여성의 특정한 행동을 비난하는 남자 힙합 가수들의 노래가 넘쳐나는 시대에, 여성의 목소리를 제대로 담고 있는 노래가 눈에 띄지 않는 것은 슬프다.

가장 중요한 건 소비자들의 역할일지 모른다. 대중문화 속에 철저히 녹아든 여성에 대한 편견을, 아무 생각 없이 즐기고 있다는 이 지점을 인식하는 것이 시청자들 개개인의 숙제다. 우리는 더 좋은 문화를 누릴 자격이 있고, 편견에 의해 상처받지 않을 권리가 있으며, 미디어가 끼치는 악영향을 거부할 권리도 있다. 그저 생각 없이 소비하는 시청자가 아니라 적극적으로 의사를 표현하는 시청자들이 많아질 때 우리는 미디어를 통해 더 좋은 문화를 누릴 수 있고, 단지 어떠어떠한 특징을 가졌다는 이유로 차별받지 않는 세상에 조금 더 가까워질 수 있다.

잠시, 텔레비전을 다시 켜본다. 그리고 여느 때처럼 채널을 돌려본다. 젊은 탈북 여성과 한국의 노총각을 맺어주는 리얼리티 프로그램을 보고 있자니 돈과 젊음의 거래를 보는 것 같아 기분이 묘하고, 핫팬츠를 입은 십대 어린 아이돌들을 스튜디오에 불러놓고 얼굴이 발그레해지는 사십대 유부남 예능인들이 나오는 프로그램을 보고 있자니 여느 룸살롱의 한 장면과 겹치는 것만 같다.

성관계와 관련된 단어나 묘사가 들어갔다는 이유로 19금 토크 프로그램에 징계를 내렸던 방송통신위원회가 성행위를 묘사한 걸그룹의 가사나 안무에 대해서 별다른 말이 없는 것이 수상하다. 또한 톱 여배우의 냉장고를 공개하는 자리에서 "역시 남편 돈을 허투루 쓰지 않는군요"라는 무개념적 발언이 아무렇지 않게 방송을 타는 것 역시 불쾌하다.

아, 나는 오늘도 그냥 텔레비전을 끄고 참담한 마음으로 그저 나의 글을 쓴다. 이것이 내가 시청자의 한 사람으로서 할 수 있는 가장 좋은 일이기 때문이다.

방송가에
출현한
새로운 바람에 대하여

방송에 출연했던 인물 중에서 이렇게 경쾌한 어조로 가부장제를 공격했던 인물이 있었을까? 여성 개그우먼 중에서 이토록 여성들에게 많은 지지를 얻었던 인물이 있었을까? 바로 김숙에 대한 이야기다. 사십대 이상 여성 예능인의 활약을 찾아보기 힘든 요즘 예능 시장이지만, 아이러니하게도 그녀는 사십대가 되어서야 생애 최고의 활약을 보여주고 있는 셈이다.

〈최고의 사랑〉은 그저 가상 결혼을 통해 연예인들의 재기발랄한 모습을 보여주는 의미 정도가 있었던 프로그램이었으나, 김숙이라는 아이콘이 등장한 순간 맥락은 완전히 역전되었다. 〈우리 결혼했어요〉처럼 젊은 연예인들이 출연하는 예능에서조차 고전적인 남편-아내 관계의 모습은 상당 부분 유지되었으나, 김숙은 거침없는 발언과 유쾌한 비틀기를 통해 전형적인 부부의 모습을 경쾌하게 도발했다. 경제적으로나 커리어적으로 위축되어 있는 개그맨 윤정수와 만났을 때 그녀의 거침없는 발언은 더욱 펄떡이는 생명력을 얻게 되었고 "어디 여자가~"라며 권위를 내세우던 남자들만의 표현은 그녀가 "어디 남자가~"라고 내뱉는 순간 힘을 잃고 땅으로 추락하게 되었다.

그녀가 가부장제를 겨냥한 도발을 통해 전복적인 웃음코드를 만들어보겠다는 의도를 세웠을 것이라고는 생각하지 않는다. 그저 그 자리에 윤정수라는 '나약하고 위축된 남성 아이콘'이 있었으니 할 수밖에 없었던 '센 여자 코스프레'였을 수도 있을 것이다. 하지만 무엇이 의도였던 그것은 중요하지 않아졌다. 김숙의 말들은 남자들이 자주 사용해왔던 표현들이 사실 별것 아닌 고리타분한 말일 뿐이라는 것을 일깨웠기 때문이다. 그저 웃기려고 시작했던 그녀의 말이었을지 모르지만, 그 속에서 시원함을 느낀 여성들에 의해 그 의미는 다시 쓰여졌다. 또한 한 번 도발당한 말은 더이상 예전의 그 위치에 있을 수 없다. "어디 여자가~"라는 말이 갖던 힘은 더이상 예전의 힘이 아닐 것이며, 이것은 서서히 무너지게 된다. 다만 그 시간이 문제일 뿐.

하지만 한편으로는 김숙이라는 아이콘이 갖고 있는 한계 역시 명확하다. 어떤 아이콘이 그저 특별하고 특이한 어떤 것으로 소비되지 않기 위해서는 그 아이콘을 이어갈 다른 인물들과 이슈가 필요한데, 이것을 이어갈 다른 여성은 보이지 않는다. 여성에게 기대되는 메인 테마는 역시 '귀여움' '사랑스러움' '의존적임'에서 벗어나지 않았기에, 이 사회에서 김숙의 역할이나 이미지는 그저 '센 언니' '잘나가는 언니' 정도로 소비되고 말 확률이 높다. 너무 의존적인 여자는 좋지 않다고 말하면서, 또 너무 독립적이면 여자 치고 세다고 말한다. 전복의 언어를 통한 경쾌한 도발을, '사실상 말이 안 되니까 웃긴 것' 정도로 소비해버린다.

김숙의 다음 행보는 어떤 것이 될까? 고분고분하지도 상냥하지도 않지만, 상대를 적당히 배려하면서도 카리스마를 발휘하는 이 여성 개그우먼의 다음 행보가, 우리 사회의 많은 것을 말해주는 리트머스가 될 것이다.

아이를 낳아
키우는 대신
하고 싶은 일에 대하여

아장아장 걸어가며 까르르 웃는 아이를 보면 웃음이 난다.
오늘도 산책을 나간 어느 집 앞에서 그랬다. 그 웃음이 좋아
서 이제 막 아장아장 걸어다니는 아이의 일상을 올리는 인스
타그램 계정도 팔로잉하고 그 아이 사진을 보며 혼자 흐뭇한
미소를 지을 정도로, 나는 아이를 예뻐한다. 그런데, 딱 거기
까지다. 예쁜 아이의 모습에 '좋아요'를 꾹 누를 정도의 마음.
그렇게 눈에 예뻐 보이는 아이를 하루 정도 돌보라는 요청을
받는다면 아마 나는 손사래를 치며 못하겠다고 말할지 모른
다. 예쁜 아이를 예뻐하는 마음만 있고, 정작 아이를 낳거나
기르는 것에는 별로 생각이 없다. 그렇다. 나는 저출산 위기에
이바지하는 이기적인 여자다.

처음부터 아이에 대한 생각이 아예 없었던 건 아니다. 뜨
겁게 연애하던 시절엔 '이 사람 닮은 예쁜 아이를 낳으면 기분
이 어떨까?' 생각도 해봤고, 아이를 낳을 생각이 있으니 결혼
도 했었던 거고, 친구들이 하나둘씩 예쁜 아이를 낳을 때마
다 '나도 더 늦기 전에……'란 생각도 꽤 여러 번 했었다. 이제

생물학적 나이도 만 37세를 넘은 상황이라(난소의 기능은 37세부터 급격히 떨어진다는 기사를 봤다) 어쩐지 내 몸의 생체시계가 모종의 경고음을 낸다는 생각도 들지만, 그렇다고 해서 갑자기 아이를 갖고 싶다는 강력한 의지가 생겨나지는 않는다. 나는 아마도 내 아이를 낳지 않은 채로 계속 살아갈 것 같다.

결혼을 하지 않거나 아이를 낳지 않는 것이 평범한 삶의 트랙으로부터 벗어났다고 간주되는 사회―그래서 초면일지라도 "결혼하셨어요? 왜 안 하세요?"라든가 "아이는요? 아니 왜 안 가져요?"라는 말을 심심찮게 주고받게 되는―에서 남들과 다르게 사는 것은 '의아함'이나 '측은함'이라는 정서를 불러일으키곤 했다. 하지만 산아제한정책을 펼 정도로 너 나 할 것 없이 많이 낳아 기르던 시절과 다르게 저출산이 커다란 문제로 떠오른 지금, 아이를 낳지 않기로 하는 삶은 '이기적이다'라는 비난까지 감당하게 되었다. 저출산 시대에 아이를 낳지 않기로 결정한 여자들이 감당해야 하는 사회적 시선은 기존의 편견에 비난까지 합쳐져 더욱 강력한 압박이 되었다.

하지만 아이를 낳지 않기로 했다는 이유만으로 비난받아도 좋은가? 이기적으로 살기로 한 결정은 나쁜가? 나를 닮은 아이를 낳고, 그 아이가 한 사람의 성인으로서 몫을 다할 때까지 열과 성을 다해 양육해야만 반드시 좋은 길일까? 나는 애초에 이 지점에 대해 의문을 갖고 있다. 일단 지금의 한국에서 아이를 잘 키울 자신이 조금도 없기 때문이다. 그리고 키우는 일이 너무 괴로울 것 같아서다. 친구들이 아이를 낳아 키우는 모습을 지켜보면서 내가 느낀 건 사실 희망보다 절망에 훨씬 가까웠다.

한국에서 부모의 역할이란 그저 사랑과 인내로 한 인간을 성장시키는 데 멈추지 않는다. 인간 취급을 받으려면 남들보다 뒤처지면 안 된다는 생각이 이 사회의 지배적인 정서이기 때문이다. 어렸을 때부터 다른 아이들에 뒤처지지 않도록 끊임없이 사교육을 붙이고, 아이가 최대한의 경험을 할 수 있도록 총괄 매니징 역할을 하고, 더 좋은 학교에 입학할 수 있도록 대학입시의 전문가가 되고, 대학을 졸업해 취업전쟁을 통과할 때까지 끊임없이 물심양면으로 지원해야 하는 것이 한국에서 아이를 잘 키워내는 부모의 의무인 것이다. 평생 필요하지도 않을 지식을 외우는 데에 십대의 대부분을 보내고, 대학에 가서도 기억에 남는 교육을 받기 힘든 이런 시스템에서 내가 살아남는 것만으로도 너무 버거웠는데, 예전보다 더 치열해진 시스템 안에 나는 내가 사랑하는 누군가를 밀어넣을 생각이 없다.

누군가는 이렇게 말하고 싶을지도 모른다.

"대안학교 보내고, 과외도 안 시키고, 그냥 자유롭게 살게 하면 되잖아."

하지만 애석하게도 나 역시 경쟁에 떠밀려 불안과 조바심을 에너지원 삼아 여기까지 온 사람인 것을 어쩌겠나. 나는 어쩔 수 없이 내 아이에게 어른들이 만든 지옥을 안내할 것이다. 그렇게 되는 내 모습을 보는 일을 나는 아마도 '감당'할 수 없을 것이다.

　그런데 바로 이 대목, '감당'이라는 것에 대해, 아이를 낳은 사람들은 또다른 면을 이야기한다. 나중에 아이가 없는 적적한 삶을 감당할 수 있겠냐는 것. 하지만 나는 되묻고 싶다.
　"배우자나 자식이 있으면 정말 하나도 외롭지 않을까요?"
　배우자가 있다고 해서 외로움이 해소되는 것도 아니고, 자식이 있다고 해서 노년의 적적함을 피할 수는 없다. 신경써야 할 것이 많다보니 외롭지 않다고 잠시 망각할 수는 있을지 몰라도, 인간이기에 느끼는 외로움은 어떤 제도를 택해 살든 기본적으로 갖고 가는 인생의 기본값이기 때문이다. 어차피 외로운 것이 인생이라면, 나는 그저 고요하게 이 외로움을 감당하고 싶다. 매일 밤마다 펼쳐지는 이 고요함이 나에게는 그저 귀하다. 아이를 낳는다면 그 힘든 과정 속에서 느낄 보람은 있겠지만, 그후 몇 년은 나의 일에 집중할 시간과 에너지를 대부분 잃고 말 것임을 안다. 아이를 낳은 내 주변 여자들이 모두 그러했으니까. 그리고 한 인간의 새로운 탄생은 한 우주가 내게 오는 일이니까. 엄마가 된 나의 세계는 그만큼 양보하고 뒤로 물러나야 할 테니까.
　그래서 나는 새로운 인간을 성장시키며 느낄 보람을 깨끗이 포기하고, 나 스스로가 보람의 근원이 되고 싶은 것이다. 많은 사람들이 '외롭다' '적적하다'고 표현하기 좋아하는 그 시간이야말로 실은 내 자신에게 집중할 수 있는 시간이고, 그래서 귀한 업적을 만들어낼 수 있는 시간이다. 혼자 있는 시간의 외로움을 외면하지 않고 담담히 마주했을 때 나는 나다운 성과를 만들어냈으며, 더욱 강한 사람이 되었음을 기억한다. 솔직히 '부모가 되어봐야 비로소 어른이 된다'는 말엔, 그래서 동의할 수 없다. 부모가 되는 방법으로 그 나이를 관통하는 사람이 있는가 하면 부모가 되지 않는 쪽으로 그 나이를 경험하는 사람이 있을 뿐이다. "그 나이에 아이도 안 낳아봤으면서!"라고 말하는 사람이 있다면 그러므로 나는 이렇게 대답해줄 것이다.

"아이를 낳지 않고 혼자서 이 나이를 살아보지도 않았으면서!"

한 아이의 엄마가 되는 것은 포기했지만, 다만 나는 많은 여성들에게 좋은 언니이며 좋은 이모가 되고 싶다. 나를 언니라고 부르는 나의 후배들과 삶에 대해 더 이야기를 나누고 싶고, 삶이 버겁다고 느끼는 이 땅의 많은 여성들에게 엄마들이 해주지 못한 이야기를 하고, 엄마들이 주지 못한 도움을 주고 싶다. 여성으로서의 행복이, 단지 하나의 색깔로 되어 있지 않다는 사실을 삶 그 자체로 말하는 사람이 되기를 원한다. 결혼이나 육아로 여성의 삶이 양분되지 않는다고 말하는 사람이기를 원한다. 그리고 우리 사회에는 앞으로 그런 여성이 더 많이 필요하다. 사회에서 끊임없이 주입하고 싶어하는 '여자의 삶' '결혼' '모성애' '가족'의 가치에 대해 자신만의 명제를 새롭게 써가는 여성들이 늘어나는 데에 기여하는 사람 말이다.

여성의 삶에 정답 따위는 없으며, 이기적인 선택이 얼마든지 귀한 선택일 수 있음을 말하는 사람이 되고 싶다. 그러니 이기적인 선택을 하기로 했다고 해도, 당신은 전혀 위축될 이유가 없다. 행복은 아이를 통해 오는 것이 아니라, 아이가 있든 없든 자기 삶의 주인이 되는 경험을 통해 오기 때문이다. 아이를 낳는 선택을 하는 여성이든 그러지 않기로 선택한 여성이든, 결국 행복을 찾아가는 여정을 밟고 있을 뿐이다. 우리는 모두, 그 자체로 완전한 존재다. 우리는 모두, 지속적으로 행복해질 권리가 있다.

택시 기사 트윗
그 이후의
변화에 대하여

그날은 어쩐지 이상한 날이었다. 지방으로 강연을 갈 때는 항상 내 차를 서울역에 주차해두고 KTX를 타곤 했는데, 유난히 그러기가 싫었다. 그래서 오랜만에 택시를 탔고, 인사를 한 뒤 택시 기사에게 행선지를 말했다. 그런데 바로 다음 순간 그는 룸미러로 나를 은근히 쳐다보며 물었다.

"이런 주말에 어디 가요, 좋은 데 놀러가요?"

그저 조용히 목적지까지 갔으면 좋겠는데, 그렇다고 못 들은 척할 수도 없었다. 데이트하러 간다고 대강 둘러대기도 싫어 있는 그대로 대답했다.

"일하러 가요."

그러자 그가 다시 말했다.

"아니, 이렇게 예쁜 공주님들도 일을 하러 가요?"

그렇다. 바로 그 순간, 나는 내면의 어떤 버튼이 딸깍 하고 눌리는 것을 느꼈다. '남들 다 쉬는 주말에 일을 한다니 너도 나처럼 수고가 많구나'의 의미로 받아들일 만했다면 내면의 버튼이 눌리지 않았을 테지만, 그는 똑똑히 말했기 때문이다. "주말인데 일을 해요?"가 아니라 "이렇게 예쁜 공주님들도 일을 해요?"라고.

나는 이런 대화를 계속 이어나가야 하는 것이 불편했다. 낯선 상대에게 예쁘니 어쩌니 평가를 듣는 것이 불편했고, 예쁜 여자들이 어째서 일을 하느냐는 질문의 전제—즉 예쁜 여자는 일할 필요가 없다—로부터 그의 성차별적 의식이 느껴졌으며, '공주'라고 지칭하는 것을 통해 나를 자신보다 어리숙한 존재로 취급하고 싶어하는 그의 태도를 감지했기 때문이다. 나는 여기까지 느꼈고, 이것까지 트위터에 썼고, 그날 저녁 서울로 돌아왔을 때에는 각종 인터넷 게시판에서 나는 이미 나무에 매달려 화형당한 마녀가 되어 있었다. 택시 기사의 이름을 밝힌 것도 아닌데 나는 별안간 '조리돌림'한 사람이 되어 있었고, 13년 동안 문제없이 직장생활을 했던 나에게 '사회생활이 가능하느냐'고 물었다. 걱정스러운 표정으로 서울역 대합실에 서 있던 당시의 남자친구는, 이렇게 공격받느니 그냥 트위터를 접는 것이 어떻겠냐고도 했다.

그리고 그후 며칠 동안 내가 알지 못하는 사람들로부터 숱한 이야기를 들었다. 듣기 좋으라고 한 말을 그렇게 받아들이다니 정신병 아니냐, 그냥 내리면 되지 왜 택시 기사를 조리돌림하느냐, 성형한 주제에 예쁘다는 말을 들었으면 고마운 줄 알아라, 예쁘단 말 들었다고 자랑하고 싶어 올린 거 아니냐…… 갖은 모욕과 비난이 쏟아졌다. 나는 그저 내가 느낀 그대로를 내 트위터에 쓴 것뿐인데, 사람들은 그렇게 느끼지 말라고 했다. 그렇게 느끼는 내가 '프로불편러'이며 '진지충'이고 '꼴페미'이며 '페미나치'라고 갖가지 별명을 선물해주었다. 오죽 시끄러웠으면, 이 이야기가 기사화되기까지 했다.

　그러나 쏟아지는 비난 앞에서 내가 절망하거나 후회했느냐 하면 그건 아니었다. 익명 뒤에 숨은 그 사람들은 내가 그러길 바랐겠지만, 사실 도저히 그럴 수가 없었다. 나는 내가 경험한 일상 속의 성차별적 의식을 예민하게 의식했고 그런 내 생각을 표현했을 뿐이었다. 우리 일상을 지배한 성차별적 정서가 우리의 사고를 제한하고, 부당한 대우를 받게 만든다는 것, 즉 일상 속의 폭력에 대한 이야기를 하고 있었기 때문이다. 보이지 않는 폭력에 대해 예민하게 촉을 세우고 살아가는 사람에게, '그렇게 생각하면 안 된다'며 강압적으로 자신의 가치관을 강요하고, 언어폭력까지 서슴지 않는 사람들은 한심해 보일 수밖에 없었다.

　물론 그냥 듣기 좋으라고, 손님 기분 풀어주려고 가볍게 칭찬하듯 한 말을 너무 복잡하게 생각하는 것 아니냐는 이야기를 전혀 이해하지 못하는 바는 아니다. 하지만 언제나 '다 좋은 게 좋은 거'라는 식으로 넘어갈 순 없는 일이다. 여성들이 처해 있는 현실의 불합리한 제도와 차별은, 갑자기 하늘에서 뚝 떨어진 것이 아니기 때문이다. 우리의 의식 속에 뿌리깊이 내재되어 있는 '남자는 이래야지' '여자는 그러면 안 돼'라는 생각들이 차별을 만들고, 그 차별을 자연스럽게 받아들이게 만들고, 그래서 다음 세대까지도 이어지게 한다.

지금은 모든 성인에게 참정권이 존재하지만, 양성평등 의식이 높은 프랑스에서조차 여성에게 참정권이 허락된 시기가 1946년이었음을 생각해보자. 여성은 당연히 참정권을 갖지 못한다고 받아들여지던 시절, 단두대에 오르더라도 여성의 참정권을 주장한 누군가가 있었기에 현실이 바뀌었다. 타고난 성별을 이유로 평가받거나 억압받지 않는 현실에 가까워지기 원한다면, 작은 차별과 억압부터 발견하고 저항할 수 있어야 한다. '이 정도는 사소하니까 넘어가자'는 무기력한 생각을 가진 사람이, 과연 더 큰 억압에는 저항할 수 있을까?

아무렇지 않게 승객의 외모를 평가하고 그것을 칭찬이랍시고 대화의 소재로 삼았던 그는 아마도 '모든 여자는 예쁘다는 말에 기뻐할 것'이라고 생각했던 모양이다. 하지만 그런 생각을 자연스럽게 할 수 있다는 것은, '여자란 오직 외모에 의해서만 평가되는 존재이고, 외모가 별로라면 아무리 능력이 있어도 강등되는 존재'라는 사회적 합의가 있음을 역설적으로 증명한다. 남자 승객이 주말에 택시를 타고 '일을 간다'고 말했을 때, "아니, 이렇게 잘생긴 왕자님들도 일을 하러 가요?"라고 물어볼 택시 기사가 있을지 상상해보자. 아마도 이 질문은 그렇게 자연스럽게 느껴지지 않을 것이다.

생각은 언어에 반영되지만, 언어는 다시 생각을 조직한다. 부당함이 느껴지는 작은 표현을 그냥 웃고 넘기자는 그 회유에 한 번쯤 의심을 품고 불편함을 이야기해야 할 이유가 바로 여기에 있다. 우리는, 칭찬을 빙자해 권유되는 차별적 메시지에 불쾌함을 느낄 권리가 있는 존재들이기 때문이다. 아니, 그래야만 우리는 조금 더 좋은 세상을 누릴 수 있다.

트윗을 쓰고 시끄러운 일이 있은 지도 1년이 넘었다. 작년 가을 이후로 여성 이슈와 젠더 이슈가 많은 사람들에게 이목을 끌게 되면서, 자신의 목소리를 드러내는 여성들이 점점 많아지고 있다. 흥미롭게도 오래전 나의 에피소드에 대해 비로소 목소리를 더하는 여성들을 발견하게 되었다. '그건 차별적 언행이 맞다'고, '그렇게까지 공격받아서는 안 되었다'고 뒤늦게 생각을 보태주는 여성들의 목소리를 다양한 곳으로부터 듣고 있다. 불과 1년이 지났을 뿐인데, 불편한 것은 불편하다고 말하는 것이 맞다고 생각하는 여성들이 확실히 늘어났음을 체감한다. 쫄지 않고 눈치보지 않고 불쾌함을 표시하는 일 정도는 할 수 있어야 하지 않느냐고 친구들과의 단톡방에서 이야기한다. 느리더라도, 변화가 시작되고 있는 것이다. 더 이상 참지 않겠다고 생각하는 여성들이 늘어나고 있는 것이다.

나는 이러한 변화가 설렌다. 그리고 우리가 더 많은 곳에서, 더 시끄럽게 우리의 이야기를 하기 원한다. 이야기되지 않았기 때문에 변하지 않은 것들을 바꾸는 힘은, 결국 용기내서 이야기하는 사람들이 만들어내는 것이기 때문이다. 세상은, 조금 더 예민한 사람들이 바꿔왔다. 예민한 사람으로 사는 것

이 수월할 리 없겠지만, 수월하게 사는 것이 인생의 의미여서
도 곤란하다.

웃지 않는
여자에 대하여

"넌 여자 치고 너무 뻣뻣해."

"너는 여자애가 왜 그렇게 무뚝뚝하니?"

"여자가 사근사근한 맛이 없어."

내가 어렸을 때부터 들어왔고, 사회인이 되고 나서도 쉴새 없이 들었던 말이다. 자신의 부정적인 감정을 드러내지 말 것, 타인을 만족시킬 수 있을 정도의 상냥함을 유지할 것, 이 모든 것이 오직 여성에게만 기대되는 특별한 감정노동이라는 것을 깨달은 것은 내게도 그저 최근의 일이었다.

그리고 의외의 순간, 미처 인지하지 못했던 곳에서 내 안의 편견을 발견하게 될 때가 있다. 하루는 자동차 수리를 맡기기 위해서 서비스 센터에 들러 용무를 마치고 돌아오는 길이었다. 알 수 없는 마음의 불편함이 느껴졌고, 나는 이 불편함의 정체가 무엇인지 곰곰이 생각해보게 되었다. '뭘까? 한 번도 느껴본 적 없는 이 애매한 불편함은…….' 그리고 문득 깨달은 것 한 가지. 그건 서비스 센터에 들어서자마자 고객을 맞이하는 여성 직원들이 전혀 웃지 않았다는 것이다. "안녕하세요"라는 말을 할 때부터, 접수 상태 등을 설명하는 상황은 물론, "안녕히 가십시오"라는 말을 할 때까지. 서비스 센터라는 공간에서는 어울리지 않는 어떤 것, 여성이 입구에서 맞이하는 공간이므로 더 말이 되지 않는다고 느꼈던 것.

그것은 바로 '웃지 않는 여자'의 존재였던 것이다. 내가 느낀 불편함이 혹, '여자들이 왜 이렇게 웃음이 없지?'라는 무의식 속의 자각으로부터 고개를 든 것은 아니었을까 하는 생각에 나는 적잖이 당황했다. 웃지 않고 무뚝뚝한 여자라는 평가가 그토록 싫었고 그것이 부당하다는 것을 머리로 이해하면서도, 나는 나와 같은 여성 노동자에게 당연하다는 듯 웃음을 기대하고 있었던 것일까?

오직 여성에게만 더 과도하게 요구되는 친절함의 가치란 그 영역과 층위를 가리지 않는다. 여자라는 존재에게 친절함과 상냥함은 기본값처럼 여겨지기 때문일 것이다. 성인 남성의 무례함은 많은 경우 '철없음'으로 에누리를 받지만, 여성은 아이라 해도 상냥할 것을 요구받는다. 여성은 가정에서든 직장에서든, 처음 본 소개팅 자리에서든 오래된 연인 사이에서든, '남자는 여자 하기 나름'이라는 이유로, '그래야 여자답다'는 설명과 함께 더 많은 감정노동을 요구받는다.

서로에게 친절해서 나쁠 것은 없다. 하지만 오직 여자에게만 이런 친절이 기본 소양으로 요구된다는 것은 그 자체로 차별이며 숱한 편견의 원인으로 기능한다. 세상엔 '웃지 않는 여자가 더 많이 필요하다. 웃지 않고도 자신의 뜻을 펼칠 수 있는 여자가 더 많아져야 한다.

역시 조금의 미소도 없이 근엄한 느낌으로 인사를 건네는 직원들을 뒤로하고 차를 돌려받아 집으로 돌아오는 길에, 나는 혼자 웃음이 났다. 웃지 않는 여자를 보고 잠시 불편했던 마음이, 웃지 않는 여자를 통해 깨달음으로 바뀌었기 때문이다. 웃지 않는 여자는, 그저 웃지 않는 것만으로도 주는 메시지가 있다. 여자란 요구할 것이 있어도 상냥하게 "이것 좀 해주시면 안 돼요?"라고 말하도록 기대되는 사회이기 때문이다.

웃지 않는 여자는 지지 않는 여자, 권리를 깨달은 여자, 차별을 참지 않겠다고 선언한 여자, 그 모든 것을 아우르는 표현이다. 나는 그러므로 웃지 않는 여자를, 응원한다. 웃지 않는 여자여도 되는 그 모든 순간을 응원한다. 웃지 않고 싶어도 웃어야만 했던 여자들을 응원하는 바로 그 마음으로.

데이트 폭력에
대응하는
태도에 대하여

같은 의학전문 대학원생인 여자친구를 수 시간 동안 감금 폭행한 남성과 관련된 사건을 기억한다. 여자친구를 무자비하게 폭행했고 그 증거가 확실했지만, 법원은 이 남성이 집행유예 이상의 형을 선고받으면 학교에서 제적당할 위험이 있다며 친히 가해자의 미래를 걱정해 벌금형만 선고했고, 학교측도 이것을 그저 연인 간의 문제로 간주해 한발 물러선 입장을 취했던 것이다. 판결이 인터넷 커뮤니티와 SNS를 통해 알려지면서 많은 사람들이 분노했고, 그 결과 여론에 떠밀린 학교측은 결국 해당 남학생을 제적 처분하기로 결정했다.

이 사건은 피해자 입장에서 생각하면 정말 끔찍한 상황이었다. 가장 가까운 상대에게 무자비하게 폭행을 당해 몸과 마음에 큰 상처를 입었지만, 법의 도움도 학교의 도움도 받지 못한 채로 가해자와 함께 학교에 다녀야 할 뻔했다는 것 아닌가. 가장 가깝다 여겨지는 상대로부터 피해를 당해 피폐해진 상태에서, 그녀가 한 개인으로서 또한 학생으로서 편안하고 자유롭게 활동하고 공부할 권리를 보장받을 수 있었을까?

이토록 무심한 처분은, 데이트 폭력이나 스토킹을 '가해자'와 '피해자'의 관점이 아니라 '남녀 사이의 애정문제'로 보는 잘못된 시각에 그 근거를 두고 있다.

관계기관의 자료에 따르면 데이트 폭력, 즉 연인관계 상태에서 일방적으로 가해지는 폭력으로 숨지는 피해자는 매년 약 50명에 이르고 살인미수에 그치는 경우도 매년 60명에 달한다고 한다. 즉 이번 주말이 지나기 전에, 이 땅에서 한 명의 여자는 데이트하던 남자에 의해 살해당하고 또 한 명의 여자는 죽음 직전의 공포를 마주한다는 얘기다. 살인과 살인미수까지는 아니더라도, 연인 간 폭력 사건 피해자는 한 해 동안 8,541명에 달했으니 결코 일부에서 일어나는 일이라고 치부할 수 없다.

하지만 앞서의 사건에서처럼 당연히 중한 처벌이 내려질 것으로 생각되는 사건에 대해서조차 벌금형에 그치는 정도로, 가해자에 대한 처벌은 들쭉날쭉하고 체계가 없는 것이 현실이다. 많은 여자들이 자신이 선택한 남자에게 폭력의 피해자가 되지만 정작 법적으로 구제받지 못하는 것이다. 데이트 폭력은 워낙 가까운 사이에서 은밀하게 벌어지는 일이다보니, 수사 과정에서 사랑싸움이나 티격태격하는 일로 치부되는 것 역시 문제다. 피해를 입고도 피해를 제대로 입증해내지 못한 피해자는 이 과정에서 또 한번 상처를 입을 수밖에 없다. 그래서 결국 피해자는 휴학을 하고, 이사를 하고, 직장을 옮기거나 아예 해외로 나가버리는 등 2차 피해를 감수하기까지 한다. '안전이별'이라는 신조어가 만들어질 정도로, 많은 여성들이 남성으로부터 가해지는 데이트 폭력, 스토킹 등의 범죄를 두려워하고 있다.

이십대와 삼십대 싱글 여성을 상대로 관계에 대한 강연을 하다보면 연애관계에 대해 그들이 가지는 공포를 맞닥뜨릴 일이 자주 생긴다. 실제로 피해를 호소하는 여성도 꽤 많았다. 여자들이 궁금한 건, '어떻게 하면 피해자가 되지 않을 수 있을까'의 문제다. 주변에서 데이트 폭력이나 스토킹에 대한 사례를 심심치 않게 듣기 때문에 '어쩌면 나도 원치 않는 피해자가 될 수 있다'는 공포의 내면화가 이미 이루어져 있는 것이다. 혹시라도 가까운 사이의 어떤 남자와든 물리적으로 충돌하게 된다면 스스로를 완벽히 방어할 수 없음을 너무 잘 알고 있기 때문에, 그들은 '가해자를 알아보는 법'이라든가 '데이트 폭력의 초기에 빨리 빠져나오는 방법'을 묻곤 한다.

그에 대해 내가 제안하는 것은 세 가지다. 첫째, 폭력적인 성향을 가진 사람은 반드시 사전에 특정한 징후를 보인다. 화가 나서 갑자기 돌변했다고 판단할 수 있겠지만, 그전에 작게라도 폭력적인 징후를 보이기 마련이다. 다만 좋아하는 사람이기 때문에 눈이 흐려져 그것을 제대로 보지 못했을 뿐. 술을 먹으면 돌변한다거나, 평소에 화가 났을 때 감정을 조절하지 못한다거나 하는 행동을 쉽게 지나쳐서는 안 된다. 술김에 그랬어, 홧김에 그랬어 라는 말은 결국 '술을 마시면 또 그럴 거야' '화가 나면 또 그럴 거야'라는 말에 불과함을 기억하고 그런 징후가 반복되는지 잘 지켜봐야 한다. 폭력적인 사람과 시간을 공유하기엔, 우리 삶이 너무나 소중하기 때문이다.

둘째, 자신의 선택이 틀릴 수 있음을 빨리 인정해야 한다. '내가 선택한 사람인데 그래도 설마……'라는 생각으로 스스로를 설득해서는 안 된다. 요모조모 뜯어보고, 확인해보고, 주변 사람들에게 사람 좋다는 소리도 들었을지언정 자기가 느끼기에 폭력적이라고 생각되는 부분이 있다면 즉시 관계를 끝내는 것이 맞다.

그리고 셋째, 작은 폭력적 상황이라도 발생했다면 그 사실을 주변 지인들에게 알리고 도움을 요청하는 것 역시 중요하다. 데이트 폭력의 가해자들은 피해자의 주변 사람들에게 의도적으로 접근해 오히려 피해자가 도움을 요청하지 못하도록 만들어버리는 경우도 종종 있기 때문에, 주변의 도움을 받는 일을 부끄러워하지 말아야 한다. 잘못된 사람을 선택했음을 부끄러워하지 말고, 피해를 입고 있음을 알릴 때 오히려 자신을 보호할 수 있게 된다.

수 시간 폭행을 해도 솜방망이 처벌밖에 받지 않고, 1년에 8,500명이 연인 간 폭력 사건에 노출되어도 적절한 양형기준조차 마련되어 있지 않은 현실은, 슬프지만 우리 사회의 의식을 반영하는 지점이다. 데이트 폭력은 데이트 도중에 일어난 남녀 간의 불미스러운 일이고, 그것이 기본적으로 폭력 사건임을 인정하지 않는다. 마치 가정폭력이 가정 안에서 일어난 불미스러운 사건일 뿐 그것을 범죄로 인정하지 않으려고 하는 지금까지의 많은 판례들처럼 말이다. 그리고 그 의식의 밑바닥에는, '오죽하면 때렸겠어'와 '맞을 짓을 하니 맞았겠지'라는 생각도 함께 자리잡고 있는지 모른다. 법의 기본 정신이 공평함과 약자 보호에 있다 하더라도 현실에선 그저 있는 사람들의 기득권을 보호하는 데에 이용되듯, '그럴 만한 사유가 있었겠지'라는 너그러운 법의 보호를 받는 것은 남아도는 힘을 악랄하게 사용한 가해자가 되는 셈이다.

결국 중요한 건 폭력에 대한 사회적 입장의 합의다. 앞에서 다룬 폭력 사건에서 처음엔 미온적인 태도로 일관하던 학교 측이 여론에 밀려 결국 가해학생을 제적 처리한 것처럼, 더 많은 사람이 '이건 옳지 않다'고 사건을 끄집어내고 시끄럽게 떠들고 관련 단체를 압박할 필요가 있다. 데이트 폭력이 데이트 도중 일어난 해프닝이 아니라 명백히 가해자와 피해자가 존재하고 한 인간의 삶을 피폐하게 만드는 폭력 사건이라는 인식이 늘어나기 위해서 여성들의 목소리와 연대가 더 필요하다. 현재 스토킹 행위는 형법이 아닌 경범죄처벌법에 의해 고작 벌금 10만 원 정도의 처분만 받고 있는데, 여성들의 목소리가 높아져야 스토킹에 대한 강력한 처벌도 가능해질 것이다. 수차례 스토킹에 대한 불안을 호소했는데도 '사랑싸움'이니 '남녀 사이의 일'이라며 가볍게 치부해버리는 일이 없도록 관련 법안 정비가 절실하다.

정말이지 여성의 안전과 직결되는 이런 문제가 몇 년째 답보 상태에 있는 것을 보면, 입법부와 사법부가 오랫동안 남초 세계라는 사실이 새삼 서럽게 느껴지는 것도 어쩔 수 없다. 기득권 남성들은 당할 일이 없는 것이 바로 스토킹이라서 고작 '경범죄'로 처벌하는 것일까? 누군가에겐 생과 사를 가를 수 있는 이 문제가, 정말로 '가벼울 경(輕)'자를 쓸 만한 범죄라는 것일까? 더이상 이 문제가 가볍게 여겨져서는 곤란하다. 이 한 해가 지나갈 때쯤, 우리는 또 50명의 여성을 잃고 말 것인가? 그래도 정말 괜찮은가?

한 달에 한 번
생리를 겪어내는
몸에 대하여

며칠 전 한 드럭스토어에 가서 탐폰과 팬티라이너를 포함해 이것저것 한참 쇼핑을 하고 계산대 앞에 섰다. 점원은 친절한 미소를 얼굴에 가득 띠고서 말했다.

"탐폰과 라이너는 따로 종이봉투에 넣어드리겠습니다."

빨리 계산하고 집으로 가고 싶다는 생각밖에 없었던 나는 무심하게 "네네" 하고 대답했지만, 따로 준비된 작은 종이봉투에 탐폰 상자를 애써 끼워넣는 직원에게 다시 말했다.

"아니에요, 굳이 그러실 필요 없어요."

정말 괜찮으시냐는 질문에 그렇다고 다시 한 번 답을 하고 나서야, 점원은 작은 종이봉투를 내려놓고 그 모든 것을 한 비닐봉지에 담아주었다.

그리고 그 순간, 아주 오래전 그러니까 내가 첫 생리를 시작한 열네 살의 기억이 떠올랐다. 집 앞 슈퍼에서 생리대를 사는 것 자체만으로 얼굴이 화끈거리고, 계산대에 아무도 없을 때 조심스럽게 내밀면 슈퍼 아줌마가 검은 비닐봉지를 구석에서 꺼내 넣어주곤 하던 희미한 기억.

첫 생리가 시작된 건 하필이면 여름이었다. 한 번도 경험한 적 없던 그 이상하고 불쾌한 느낌, 하얀 팬티가 기분 나쁜 검붉은 피로 물든 채 입고 있던 바지까지 다 젖어버렸던 그날의 당혹스러운 기분은 아직도 생생하게 떠오른다. 그리고 집으로 돌아가 엄마를 보자마자 "엄마, 나 거기서 피 나"라고 말했을 때 엄마가 내게 보여줬던 그 표정도. 넉넉지 않은 살림에 아이 셋을 키워내느라 미처 딸의 육체적 성장에 대해서는 조금도 생각할 겨를이 없었던 엄마의 얼굴은, 묘하게 일그러져 있었다. 아마도 그건 절반의 당혹감과 절반의 처연함이 뒤섞인 것이 아니었을까. '너에게 제대로 가르쳐준 적도 없는데 벌써 시작했구나'라는 마음, 그리고 '너도 이젠 그 고통스러운 것을 매달 겪어야 하는 몸이 되었구나'라는 마음. 어떤 집에서는 첫 생리를 시작한 딸을 위해 축하파티를 열기도 한다던데, 나에게 첫 생리는 그렇게 가족의 축하는커녕 엄마의 일그러진 얼굴로만 기억되는 순간이 되어버렸다. 원한 적 없는데 평생 겪어야 하는 불가항력적 통과의례는 내겐 그렇게 씁쓸한 기억으로 남아 있다.

하지만 엄마의 얼굴이 아무리 씁쓸한 기억으로 남아 있어도, 생리 그 자체가 너무 힘들어서 그후로는 엄마의 반응을 별로 떠올리지도 못했다. 1990년대 초반의 생리대는 지금같이 잘 만들어진 모양새가 아니었기에, 조금만 방심해도 생리혈이 이리저리 새기 일쑤였다. 생리대를 교체할 타이밍을 잘 몰라서 바지 뒷면이 흠뻑 젖어 집에 온 적도 있었고, 자다가 이불에 피를 묻히는 건 수시로 일어나는 일이었다. 매번 둥그런 핏자국을 볼 때마다 나는 머리를 가로 흔들며 몸서리를 쳤다. 분명 내 몸에서 나온 것인데 그것을 보는 일이 너무 끔찍했고, 별다른 예고도 없이 시작되어, 언제 끝난다는 기약도 없이 열흘 가까이 그런 상태를 감당해야 한다는 것도 끔찍했다. 내가 여자로 태어났다는 사실이 매달 일주일에서 열흘씩은 적잖이 원망이 됐다. 진통제를 하루 몇 알씩 먹던 친구만큼은 생리통이 심하지 않아서 그나마 나는 다행이라며 가슴을 쓸어내리기야 했지만. 그렇다고 해서 괴로움이 덜어지는 것도 아니었다.

그 후로 25년이 흘렀다. 그리고 굳이 탐폰을 종이봉투에 한번 더 넣어서 포장해주겠다는 드럭스토어 점원의 상냥한 배려가, 생리대나 탐폰의 질 말고는 우리의 생리를 둘러싼 그어떤 것도 변하지 않았다는 것을 깨닫게 해주었다. 세상의 절반인 여성이 열 살 언저리부터 쉰 언저리까지 40년간 경험하는 것인데도, 그때나 지금이나 여전히 '하고 있지만 하고 있지 않은 척' 해야 하는 것임을 새삼 깨닫게 되었달까. 자궁을 갖고 태어났으니 강제적으로 경험해야 하는 이 고통스럽기 짝이 없는 시간을, 여성은 마치 무슨 잘못이라도 저지른 사람들처럼 지내온 것은 아닐까. 임신은 여자 인생의 축복이라고 모두가 힘주어 말하면서, 정작 그 임신이 가능하다는 가장 강력한 증거인 생리는 모두가 언급하는 것조차 불결하다고 믿는 것. 생리에 대한 이러한 이중적인 태도는 여성의 몸에 가하는 이중 압박—출산을 통해 사회 유지에 기여해야 하지만 그 불편함에 대한 호소는 금지된—을 선명하게 드러낸다.

생리를 하고 있다는 사실을 드러내지 않아야 한다는 일종의 금기, 이 억압은 생리로 인해 생겨나는 여성의 신체적 고통에도 중요한 영향을 끼쳤다. 아니, 정확히 말하면 아무 영향도 끼치지 않았다고 해야 할 것 같다. 25년 전, 생리통이 너무 심해 타이레놀을 한 번에 몇 알씩 집어삼키던 내 친구는 여전히 각종 진통제를 먹는 것 말고는 자신을 위해 할 수 있는 일을 알지 못한다. 바뀐 것이라고는, 생리를 시작하기 전에 진통제를 먹어두면 그나마 최대치의 통증을 피해갈 수 있다는 정도. 25년 동안 거의 모든 의학의 분야들이 의미 있는 성과들을 거두었으나 수많은 여성이 일상생활을 제대로 하기 힘들 정도로 괴로워하는 생리통에 대한 연구만은 한 발짝도 더 나아가지 않았다. 불편함은 둘째 치고, 고통을 줄일 기회도 제공되지 않는 것이다.

나는 보통 생리를 하기 열흘 전부터 몸이 서서히 나빠지다가 생리 직전에는 꼭 몸살 비슷하게 앓고 결국 생리일 초반 이틀은 진통제를 계속 먹어야 할 정도로 통증을 심하게 느끼는 편인데, 이렇게 되면 한 달 중 보름을 좋지 않은 컨디션으로 지내는 셈이 된다. 왜 여전히 고작 진통제만이 여성이 기댈 수 있는 최선이자 최후의 도움이 되어야 하는 걸까? 인류의 절반이 인생의 절반 동안 겪는 불가항력적 고통이 너무나 아무렇지 않게 가볍게 여겨지는 자체가 불평등의 요소다.

게다가 생리에 대한 사회의 태도는 또 어떠했나? 상황이 이러한데도 생리휴가는 오래전부터 눈치보이는 행동일 뿐이었고, 조금 날카롭거나 예민한 태도를 보이기만 해도 "생리해서 저러나?"라는 경멸 섞인 이야기를 거리낌없이 하는 남성들을 여러 번 보았다. 신체적인 차이를 곧장 편견을 발동시키는 기제로 활용하는 의도이며, 이쯤 되면 어떤 여성이 생리 기간이든 아니든 그건 이미 중요한 일이 아니게 된다. 그저 여성이기에 폄하하거나 경멸하고 싶은 목적만이 존재할 뿐.

의학적으로는, 난소의 기능이 정상적으로 돌아가고 있고 그래서 건강하다는 증거인 여성의 주기적 생리. 하지만 그 의학적 의미와는 별개로 이처럼 우리 사회에서 생리는, 존재 자체를 부정당하거나 고통이 방치되는 방식으로 여성을 사회적으로 억압하는 기제가 되어왔다. 그리고 최근 불거진 저소득층의 생리대 관련 이슈는, 생리가 소외계층 복지 및 여성복지와 직결되는 문제임을 보여준다. 생리대에 붙는 부가세를 철폐했음에도 생리대 가격은 끊임없이 상승해왔고, 놀랍게도 한국의 생리대 가격은 개당 최고 331원으로 세계 주요 국가들에 비해 적게는 50%, 많게는 70%까지 비싼 지경이 된 것이다.

저소득층 여학생 중에는 휴지나 신발 깔창으로 생리대를 대신한다는 뉴스가 화제가 되면서, 거의 독점하다시피 한 국

내 생리대 시장을 비판하는 여성 소비자들의 목소리도 높아지고 있는 상황이다. 여성이 수십 년 동안 매달 구입해야 하는 생리 관련 용품을 그저 상품의 영역으로만 볼 것인가, 혹은 복지와 기본 인권의 영역으로 볼 것인가에 대해 생각해봐야 할 때가 아닐까. 주요 국가들의 제품보다 월등히 좋은 품질이 아닌 이상에야, 물가에 대비해서 따져보아도 이렇게까지 비쌀 이유가 없다. 각 지자체별로 무상지급을 고려하되, 생리대 자체의 가격도 주요 국가 수준까지는 내려가야 한다. 그것이 바로 사회정의이다.

생리는 그저 내 몸에서 일어나는 혼자만의 이야기가 아니다. 감춰야 하거나 안 아픈 척 참아야 하는 일도 아니다. 비싼 생리대를 울며 겨자 먹기식으로 감당해야 할 이유도 없다. 여자인 내 몸의 문제가 곧 여성의 문제이며, 또한 나를 둘러싼 세계와 밀접하게, 그리고 다양한 층위로 연결되어 있다는 것을 생각해볼 필요가 있다.

생리를 처음 시작하게 되면 어떻게 해야 하는지, 생리대를 어떻게 써야 하는지, 얼마나 자주 갈아주어야 하는지 제대로 된 설명조차 듣지 못한 채 혼자 그 모든 불편함을 감당하며 애꿎게 인내심과 수치심이 반강제로 길러졌던 열네 살의 나를 기억한다. 그때 나는 너무도 혼자였고, 그저 나만 혼자 힘든 줄 알았다. 하지만 이제는 좀 달라져야 하지 않을까.

혼자의 고통이 그저 혼자의 고통들로 남겨지지 않게 하기 위해, 생리를 하는 몸이라는 이유만으로 더 고통받지 않기 위해, 우리는 생리에 대해 더 많은 목소리를 내야 한다. 모 신문사에서는 〈생리 백일장〉을 열어 다양한 여성들의 목소리를 지면에 싣기도 했는데 정말 좋은 기획이었다고 생각한다. 물론, 생리혈이 생리대 CF에서 보여지는 것처럼 하늘색인 줄 아는 남자들이 있는 나라에서, 사실 꽤 늦긴 했다. 아, 그런 남자들은 애초에 〈생리 백일장〉 같은 걸 읽으려고 하지 않을 것 같긴 하지만.

성을
구매하겠다는
남자에 대하여

한번은 방송에서 성을 구매하는 남자들의 심리에 대해 질문
을 받은 적이 있다. 나는 먼저 정작 성을 구매하는 남자들이
라면 이 질문에 대해 어떻게 답을 할지가 궁금해졌다. 아마도
그들은 '남자의 본능이다' '스트레스를 풀기 위해서는 어쩔 수
없다' '여자친구에겐 많은 서비스를 기대할 수 없다'고 답할
것이다.

하지만 모두 비겁한 변명이다. 결국 '남자는 그래도 된다'는
거대한 심정적 카르텔이 그들을 '그렇게 해도 되는 존재'로 살
아가게 할 뿐이다. 여자는 사랑하는 사람과 합의하에 한 성관
계에조차 '과거'라는 이름이 붙여져 함구할 것을 요구받지만,
남자들은 얼굴이 알려진 연예인들조차 룸살롱에 다녀온 경험
을 방송에서 이야기해도 그것이 무난하게 전파를 탈 정도로
남녀의 성적 경험에 대한 사회의 온도 차가 확연히 다르다.

하지만 성욕을 운운하는 남자, 서비스를 운운하는 남자 모
두 자신의 비겁함을 인정하고 있는 꼴이다. 상대방을 행복하
게 해주려 하고, 그 관계 안에서 충분히 행복과 쾌감을 느끼

는 남자는 그런 곳에 가지 않고 또한 못 가기 때문이다. 섹스를 커뮤니케이션이 아니라 자신의 욕망을 배설하는 통로로만 여기는 비겁한 남자들만이, 파트너 몰래 성을 구매하고도 떳떳하다. 아니, 떳떳한 척하지만 사실은 '남자의 성욕'이라는 핑계 뒤에 비겁하게 몸을 숨길 뿐이다.

"그런 곳에 안 가는 남자가 어디 있어?"라고 이죽거리며 남자는 다 똑같다던 남자사람친구가 생각난다. 성매매가 불법임에도 불구하고 일 인당 성매매 관련 지출 세계 3위를 달리는 상황이니 어쩌면 그 친구 말대로 그런 곳을 가지 않는 남자를 만나기란 아주 어려운 일인지도 모르겠다. 하지만 비겁한 남자를 택하면서까지 연애나 결혼을 할 이유는 없다고 믿는 여자들이 점점 많아지고 있음을, 그는 아마 한동안 깨닫지 못할 것이다.

여성복 매장에서
느낀 쓸쓸함에
대하여

새 옷을 사는 일은 대체로 즐겁고 설렌다. 어울리는 옷으로 자신을 잘 표현할 줄 아는 사람은 매력적이니까. 하지만 나는 때때로 쇼핑이 힘들게 느껴진다. 일단 여성복의 디자인이 매우 획일적이기 때문이다. 가로수길이나 동대문 매장, 백화점 여성복 코너에 가면 '가녀린 소녀' 풍이 대부분이다. 좀 과감한 디자인이나 강한 패턴을 쓴 옷, 터프하거나 중성적인 디자인의 브랜드는 가끔 겨우 찾아볼 수 있고 잔잔한 샤랄라 소공녀 콘셉트의 옷들이 전체 매장의 70~80%를 차지하는 것 같다.

사이즈도 불만이다. 가격을 물어보았을 뿐인데 "아가씨 사이즈는 없어, 살 좀 빼고 오던가, 쯧쯧"이라는 이야기를 면전에 날리는 옷가게 주인을 만나기도 했고, 머리와 한쪽 팔은 들어가는데 나머지 한쪽 팔이 들어가질 않아 피팅룸에서 멋쩍은 얼굴로 나온 건 셀 수조차 없이 많기 때문이다. 이런 이유로 즐거워야 할 쇼핑이 쓸쓸한 기억으로 남은 적이 한두 번이 아니다.

왜 이렇게 국내 여성복은 가녀린 소녀풍 일변도가 되었을까? 나는 그것이 여성의 신체에 대한 우리 사회의 집단적 기대와 매우 밀접한 관련이 있다고 생각한다. '여성이라면 무릇 이런 느낌으로 어필해야 그 가치가 올라간다'라거나 '사랑받기 위해서는 이런 옷이 어울리는 여자여야 한다'라는 기대 말이다. '순종적인' '청순한' '가녀린' '연약한' '친절한'. 2016년 한국 여성에게 이 사회가 기대하는 가치들이 그 어느 때보다도 여성들이 입는 옷에 고스란히 반영되고 있는 것이다. 파스텔톤의 프릴 달린 블라우스와 A라인 스커트(최근에는 걸그룹 덕분에 테니스 스커트가 대세다)는 예쁜 옷임에 틀림없지만, 이런 옷들이 끊임없이 유행한다면 그것은 하나의 사회적 메시지이며 여성을 향한 보이지 않는 규율이 된다. '여자의 몸은 이런 느낌이어야 한다'는 함의를 가진다. 너무 몸을 가려서도 안 되지만 다른 남자가 보면 안 되니까 너무 야해도 안 되고, 상냥하고 친절한 느낌을 표현하는 파스텔톤은 좋지만 프로페셔널해 보이거나 중성적인 컬러는 곤란하다고 매장에 걸린 옷들이 이구동성으로 이야기하는 듯하다. 철저히 남자가 보기에 좋은 옷들이 여성복 매장을 지배하고 있다고 느껴진다면, 내 의상 취향이 그저 남다르기 때문일까?

다양성을 무시한 사이즈도 그렇다. 애초에 너무 이상하지 않은가? 44, 55, 66, 이 세 가지 사이즈로 이토록 많은 여성들의 몸을 구분하겠다는 설정이 말이다. 그나마 판매중인 66 사이즈는 예전보다 작아져버리는가 하면, 또 상당수의 브랜드는 프리사이즈라는 명목으로 단 한 사이즈의 제품만을 판매한다. 이것은 극소수 브랜드의 차별화가 아니라 국내 패션브랜드에 널리 퍼진 전략이 되었기에, 이 역시 여성의 몸을 향한 폭력적 규율이 되어버리고 만다. '이 사이즈를 넘어간다면 당신은 여자가 아닙니다. 가녀리지 않은 당신, 반성하세요'라는 메시지를 담은. 그래서 사실 나는 보세옷 매장도 백화점도 발길을 끊은 지 오래다. 해외에서 수입된 SPA 브랜드에 가면 얼마든지 내 몸을 구속하지 않으면서도 편하게 입을 수 있는 깔끔한 여성복을 살 수 있기 때문이다. 국내 브랜드에서는 내 몸에 맞는 옷을 찾기 힘들지만, SPA 브랜드에 가면 스몰이나 미디움사이즈가 낙낙히 맞는다는 사실이 우습고도 슬프다. 아, 모국의 패션 브랜드에게 거부당한 나의 서러운 몸이어.

이 나라에서 옷을 통해 여자들에게 전해지는 메시지는 이렇게 다분히 강압적이고, 여성의 몸을 구속하는 기능을 한다. 그러나 이런 메시지가 어느 날 하늘에서 뚝 떨어진 것은 아니다. 애초에 사회가 여성의 몸을 철저히 대상화하고, '이러이러해야 한다'라는 룰을 지나치게 많이 만들어두었기에 패션업계에 고스란히 반영된 결과물일 뿐이다. 아침부터 밤까지 하루에 한 번이라도 외모에 대한 이야기를 하지 않는 날이 있을까? 남들이 내 외모에 대해 이야기하든, 내가 남에 대해 이야기하든, 혹은 제3자의 외모에 대해 이야기하든, 우리는 참 많이 외모에 대한 이야기를 대화의 소재로 삼곤 한다.

하지만 이 과정에서 여성은 남성에 비해 훨씬 많은 것들을 강요당한다. '여자가 저렇게 종아리가 두꺼워서 치마는 어떻게 입나?' '가슴에 볼륨이 없으면 여자로서 매력이 떨어진다' '여름이 다가오는데 핫팬츠 입으려면 다이어트 좀 해야겠다' '그런 옷 입으면 남자들이 무서워해, 싫어해'와 같은 이야기들 말이다. 나 역시 그런 이야기를 한두 번 들은 게 아니다. 특히 방송활동을 하면서 몸에 대해 충고를 빙자한 비난을 얼마나 많이 들었던지. 팔뚝에 별로 자신이 없으니 슬리브리스 말고 반팔을 준비해달라고 부탁했더니 프로그램 스타일리스트가 "앞으로 여름인데 어떻게 방송하려고 그러세요?"라는 말을 한 적도 있었고, 함께 출연하던 방송인은 "요즘 많이 먹나 봐? 팔뚝이 두꺼워졌네"라고 방청객들 앞에서 대놓고 이야기한 적도 있었다. 남자는 배가 나와도 넉넉해 보인다고 친절한 이해를 받지만, 여자는 팔뚝에만 살이 좀 쪄도 지적을 당하는 것이다. 여자의 몸은 늘 '보기기에 좋은' 상태를 유지해야 한다고 모두가 믿어 의심치 않기 때문에. 이렇게 수시로 평가당하고 억압받는다.

그저 예쁜 옷을 입고 싶어서 다이어트를 한다는 여성이 내 주변에 참 많다. 몸에 맞는 옷이 없다는 이유에서다. 물론 자신의 몸을 자기가 원하는 방향으로 변화시키기 위한 노력은 나쁠 게 없다. 하지만 여기에 조금의 억울함도 없는지, 한 번쯤은 생각해봐야 한다. 해외 브랜드에서는 몸을 구속하지 않으면서도 아름다운 옷을 다양한 사이즈로 쇼핑할 수 있는데, 어째서 우리나라에서 만들어지는 많은 옷들은 그렇지 않은지. 그렇다면 그냥 이런 현실을 받아들이고 옷에 몸을 맞출 것인지 아니면 소비자로서 강력한 목소리를 낼 것인지도 생각해봐야 한다.

이상적인 여성의 몸을 규정해놓고 그 틀에 몸을 맞추라고 강요하는 듯한 옷을 만드는 브랜드보다는, 어떤 체형이든 어떤 사이즈이든 아름답게 패션을 즐길 수 있도록 여성의 몸을 존중하는 브랜드가 더욱 인기를 얻어야 하지 않을까? 제공하는 대로 입으며 괴로워할 것이 아니라. 정말 여성을 위한 옷이 무엇인지 패션업계가 자성할 수 있도록 끊임없이 목소리를 내야 한다. 여성의 몸에 대한 편견을 조장하는 CF나 패션 관련 잡지들을 향한 끊임없는 견제 역시 중요하다. 그리고 무엇보다도, 내 몸이나 옷차림에 대해 이러쿵저러쿵 평가하고 잔소리를 하는 주변 사람들에게 위축되지 말아야 한다. 오히려 당당하게 이야기할 수 있어야 한다.

"나는 나를 위해 옷을 입는 것인데, 왜 당신이 보기에 좋은 옷을 입으라고 이야기하나요?"

얼마 전 올라온 십수 년 전의 뉴스 클립을 봤는데, "왜 이런 패션을 시도했나요?"라는 기자의 인터뷰 질문에 한 여성이 "이렇게 입으면 기분이 좋거든요"라는 대답을 했다. 당당하게 이야기하는 그녀는 십수 년 전의 모습이라 믿기 힘들 만큼 유쾌하며 단호했다. 그 유쾌함과 단호함이 얼마나 생경하게 느껴졌던지, 트위터에서 #이렇게입으면기분이조크든요 라며 해시태그 놀이가 이어졌을 정도다. 사실 그녀의 답이 놀라우면서도, 한편으로 낙담이 됐다. 그 시절에 비하면 분명 패션은 세련되게 변했지만, 옷을 입는 우리의 자유는 오히려 퇴보한 것은 아닐까 하는 생각이 들었기 때문이다. 입고 싶은 대로 입고 당당하게 거리를 걷는 자유, 이 작고도 귀한 자유 속에 참 많은 의미가 담겨 있음을, 뒤늦게서야 깨닫는다.

입고 싶은 대로
입을 자유에
대하여

얼마 전 한 인터넷 카페에서 아주 흥미로운 글을 읽었다. 주로 여자들이 모이는 카페였는데, 레깅스만 입고 돌아다니는 여자들은 대체 왜 그러는 건지 모르겠다는 내용이었다. 그리고 그 글에 따라붙는 수많은 댓글들 역시, 그렇게 입고 다니는 것이 너무 민망하기 짝이 없다며 공감을 표시하고 있었다. 최소한 카디건이라도 허리에 묶어 '그곳'과 '엉덩이 라인'이 드러나지 않게 해야 한다고 조언하는 글도 있었다.

사실 몇 년 전 하체에 쫙 달라붙는 레깅스를 평상복처럼 입고 다니는 모습을 처음 봤을 때 나도 비슷한 생각을 했었다. 뉴욕에 출장을 갔을 때였는데, 한쪽 어깨에 요가 매트를 맨 여자들이 짧은 티셔츠 하나에 하체의 굴곡이 고스란히 드러나는 레깅스를 입고 아무렇지도 않게 거리를 걸어가는 모습을 본 것이다. 같은 여자지만 어쩐지 민망했다. 굳이 저렇게 입어야 하는 걸까 하는 생각도 했다. 하지만 한편으로는 저렇게 입고 다녀도 전혀 시선을 끌지 않을 수 있다는 것이 신기했다. 노출도 없고 섹시한 소재도 아닌 운동복 바지 하나가,

이곳에서는 아무렇지도 않은 차림이 되고 우리나라에서는 감히 상상도 할 수 없는 차림이 되게 하는 그 이유가 궁금했다. 나도 그렇게 입고 다니고 싶다는 생각까진 들지 않았지만, 그래도 거리낌없이 레깅스를 입고 돌아다닐 수 있는 그 정서가 문득 부러웠다.

그로부터 수년이 지나 인터넷 카페에서 본 그 글은, 뉴욕에서나 보았던 레깅스 복장이 더이상 뉴욕에 가야만 볼 수 있는 모습이 아니라는 사실을 새삼 깨닫게 했다. 몇 년 전까지만 해도 그런 복장으로 다니는 모습은 거의 상상조차 할 수 없었는데, 이젠 꽤 많은 여자들이 레깅스를 입고 거리를 활보하기 시작했다. 그리고 역시나 '그렇게 입으면 안 되는 것 아닌가'라는 시선들 역시 나타나기 시작했다. 우리는 레깅스 차림을 아무렇지 않게 받아들일 사회는 아니었던 것이다.

하지만 이것이 과연 레깅스의 문제인가? 레깅스만 안 입으면 피해갈 수 있는 문제인가? 내가 번 돈으로 옷을 사 입은 스무 살 이후로, 타인의 시선을 전혀 의식하지 않고 옷을 구매한 적이 있었던가? '이 옷은 괜히 시선을 너무 끌지 않을까?' '이 옷은 너무 화려해 보이지 않을까?' '이 옷은 등이 좀 파였으니 지하철에서 입으면 민망하지 않을까?' 티셔츠 한 장 반바지 하나를 사더라도 언제나 '이 옷을 입고 다니는 것이 남들에게 과해 보이지 않을 것인가'를 고민하곤 했다. 옷이 가지는 사회적 기능은 당연히 존재하지만, 옷을 고르는 내내 사회적 시선을 걱정했다면 그것이 과연 나 자신을 위한 선택이었다고 말할 수 있을까?

우리 사회에서 여성이 옷을 입고 꾸미는 행위에는 지나칠 정도로 많은 '이중 규제'가 따른다. '화장은 여성의 예의이지만 너무 진하거나 야하게 하는 것은 곤란하다' '직장에서는 깔끔한 정장을 입어야 하지만 바지 정장은 지나치게 프로페셔널해 보일 수 있으니 치마 정장이 적절하다' '여자가 치마도 입고 그래야 하지만 너무 짧은 치마는 남자를 자극할 수 있으니 곤란하다' 하는 것들이 바로 '이중 규제'이다. 자신을 너무 꾸밀 줄 몰라도 여성의 가치에 문제가 생긴다고 이야기하지만 너무 과하게 꾸민 티가 나서는 곤란하다는 것이니 이중 규제이고, 남자에게 매력적으로 보이는 것은 좋지만 남자를 자극할 정도는 곤란하다고 하니 이중 규제인 것이다.

금기와 규율은 속옷에도 어김없이 적용된다. 남자들은 티셔츠 아래로 언제든 내놓고 다닐 수 있는 유두를, 여자들은 절대 보이지 않게 브라로 가려야 하고 심지어 그 브라의 존재가 겉옷 밖으로 드러나서도 안 된다. 어깨끈이 노출되거나 색깔 있는 속옷이 비치는 것도 여전히 금기로 받아들여진다. 시스루 룩이 여러 번 유행했다고는 하지만, 검은 브라 위에 흰 티셔츠를 입는다면 당신은 열 명 중 최소 다섯 명에게는 어떤 식으로든 의미 있는 시선을 받아야 할 것이다.

하지만 이것이 '조신한 여성'을 가치 있게 여기는 보수적 관점 때문이라고 생각하는 것은 곤란하다. 이것은 보수적이고 말고의 문제가 아니라, 여성의 몸을 어떻게 인식하는가의 문제이기 때문이다. 지금 당장 텔레비전을 켜서 아이돌 가수가 출연하는 가요 프로그램을 보기만 해도 그 인식의 실마리를 알 수 있다. 남자 아이돌의 몸을 비추는 카메라 워크와 여자 아이돌의 몸을 비추는 카메라 워크는 완전히 다르다. 남자 아이돌이 나올 땐 그냥 전신을 한번에 비추던 카메라는, 여자 아이돌이 나오기만 하면 집요하리만큼 매번 아래에서 위로 훑듯이 움직이며 골반 주변의 움직임을 클로즈업하는 것도 망설이지 않는다. 남자의 몸은 주체로 표현되지만, 여자의 몸은 철저히 타자화된다. 관음하는 시선을 위해 존재하는 몸.

가요 프로그램에서는 부지런히 여자 가수들의 치마 속을 훑는 영상을 모두가 아무렇지 않게 소비하면서도, 그저 몸에 달라붙는 운동복을 입는 것만으로 대단한 금기를 어긴 마냥 비난하고 싶은 사람들이 있다는 것. 두 옷차림의 맥락과 의도는 완전히 다를지라도, 결국 이 두 가지 상황은 단 하나의 명제를 관통한다. 옷 입는 주체로서의 여성은 관음의 대상이 되는 여성보다 그 자유를 강하게 제약받는다는 것. 남성들에 의해 만들어진 이중 규제를 이미 내면화한 여성에게는, 짧은 치마를 입은 걸그룹보다 레깅스를 입고 거리를 걸어가는 여자가 더 참을 수 없는 존재가 되고 마는 이유가 바로 여기에 있다.

어떤 사람은 그렇게 주장할지 모르겠다. 짧은 치마나 핫팬츠는 Y자 부분이나 힙라인이 적나라하게 드러나지 않지만, 레깅스는 굴곡이 다 드러나니 그것이 문제 아니냐고 말이다. 그럼 나는 다시 묻고 싶어질 것이다. 정말로 엉덩이가 보이는 것도 아니고, 정말로 생식기가 보이는 것도 아닌데, 인간이면 누구나 있는 '굴곡'을 드러내는 것이 왜 문제가 되는지를. 문제가 된다면 그건 당신이 타인의 신체를 성적인 의도를 담아 뚫어져라 보는, 개념 없는 시선 그 자체가 아닌지를.

물론, 격식 있는 저녁식사 자리나 출근의 복장이 레깅스가 된다면 좀 무리가 있을 것이다. 하지만 운동하기에 가장 편안한 복장을 하고 운동을 하러 가는 사람을 단지 '내 눈에 민망해 보여서'라는 이유로 비난하는 그 마음속에 어떤 편견들이 들어가 있는지 한 번쯤은 생각해봐야 하지 않을까? 어떤 상황에서든 여자의 하반신만 보면 '섹스하는 곳'으로 생각하지 않고서야, 레깅스 복장을 흐뭇한 표정으로 뚫어져라 볼 이유도, 혀를 차며 비난할 이유도 없다. 다시 말하지만, 그건 그냥 운동복일 뿐이니까.

나는 이제 내가 오래전 보고 놀랐던 바로 그 차림을 하고 운동을 한다. 그것이 운동하기에 가장 편하고 효율적인 옷이기 때문이다. 하지만 그 차림 그대로 헬스클럽이나 요가원까지 걸어가진 못한다. 괜한 시선을 받고 싶지 않으니, 아무리 더운 날이라도 짧은 티셔츠와 레깅스 차림 위에다 해변용 시스루 후드티라도 덧입어야 길을 나설 수 있다. 입고 싶은 대로 입은 채로는 여전히 거리를 나설 수 없는 내가, 입고 싶은 대로 입고 거리를 거닐 수 있는 사회를 기대해도 되는 것일까? 시스루 후드를 덧입고 나설 때마다 묘한 안도감을 느끼면서도 어딘지 씁쓸한 패배감이 드는 것도 어쩔 수 없다.

스스로 고백하는
패션 매거진의
한계에 대하여

직장생활을 접기 전까지, 13년 동안 나는 패션 매거진의 기자로 일했다. 대학을 졸업한 2002년 초부터 쉼 없이 일을 했으니, 내 커리어의 거의 전부가 온통 여성 패션 매거진으로 채워졌다고 표현해도 좋을 정도다. 나는 그만큼 잡지 기자로서의 내 일을 좋아했고, 나와 동시대를 경험하고 있는 여성들을 위해 다양한 콘텐츠를 만드는 일을 아꼈다. 처음에는 그저 글을 쓰는 직업이기 때문에 선택했지만, 결국 나를 오랫동안 같은 일을 할 수 있도록 했던 힘은 '여성을 위한 글쓰기'를 하고 있다는 자각이기도 했다. 매달 여성을 위한, 여성을 향한 이야기를 취재하고 그것을 하나의 완성된 글로 내놓는다는 뿌듯한 자각.

하지만 잡지업계를 떠난 지금 나는 예전에 느꼈던 그 뿌듯한 자각을 다시 돌이켜보고 있다. 여성을 위한 콘텐츠를 만들고 있다고 자부심을 가졌었지만, 그 자부심이 정말 그럴 만한 것이었는지를 말이다.

가장 먼저 짚고 넘어가지 않을 수 없는 건 여성잡지의 태생적 한계다. 모든 여성지들이 여성을 대변한다는 것을 기본적인 모토로 내세우지만, 정말로 여성지가 여성을 대변할까? 소위 잘나간다는 여성잡지 전부가 독자의 책 구매를 통한 수익이 아닌 광고영업 수익에 의해 그 체제가 유지되기 때문에, 여성잡지가 상정하는 주요 독자는 결국 '구매력이 좋은 독자'로 제한된다. 잡지 속 화보를 보고 직접 그 의류를, 그 주얼리를 구매할 수 있을 만한 독자, 메이크업 화보를 보고 백화점에 가서 그 립스틱과 섀도를 구매할 능력이 있는 독자를 메인 타깃으로 설정할 수밖에 없는 것이다. 잡지마다 콘셉트가 미묘하게 다르겠지만, 결국 구매력이 부족한, 즉 수입이 적은 여성은 잡지가 원하는 진정한 독자가 될 수 없는 셈이다. '2535 여성을 위한 잡지'라는 식의 캐치프레이즈는, 사실 잡지 스스로의 자신의 한계를 교묘하게 가린 표현에 불과하다.

물론 이 점은 숱한 남성잡지는 물론이고, 소수의 대안잡지를 제외한 거의 모든 매체들이 공통적으로 갖고 있는 태생적 장치이니 어쩔 수 없는 부분도 있을 것이다. 자본주의에서는 거의 모든 가치를 화폐와 교환할 수 있고, 사람마다 존재하는 구매력의 차이란 자본주의의 기본 세팅이기도 할 테니까. 애초에 벗어날 수 없었던 프레임임을 인정할 수밖에 없다.

그러나 내가 세 곳의 잡지사에서 일하면서 공통적으로 경험한 비극은 여성잡지를 만든다는 사람들이 이처럼 '벗어날

수 없는 프레임'뿐 아니라 '벗어날 수 있었던 프레임'에 대해서
조차 무기력하게 혹은 무방비 상태로 받아들였다는 사실에
있다. 가장 큰 문제는 여성을 위한 책을 만든다고 하면서도,
외모 지상주의를 버리지 못하는 태도이다. 아니, 오히려 외모
지상주의는 잡지의 지면에 유유하게 흐르는 하나의 숨겨진
원칙과도 같았다. 예쁜 옷, 예쁜 모델, 예쁜 차, 예쁜 장소, 예
쁜 음식, 예쁜 화장품이 끊임없이 나오는 책이 여성잡지이니
이 책에 나오는 모든 것은 가급적 다 예쁜 요소를 갖춰야 한
다는 논리가 이유라면 이유였다.

그런 원칙을 지키는 데 있어 가장 난감할 때는 바로 평범한
여성을 지면에 크게 내세워야 하는 상황이었다. 자신의 멋진
커리어 혹은 자신만의 특별한 취미나 성취에 대해 다른 독자
들에게 소개하는 인터뷰 기사에서는 언제나 그녀들의 외모는
중요한 섭외 기준이 되었다. 여자들을 위한 책을 만드는 사무
실에서, "그 친구 생긴 건 어때?" "예쁘니?"와 같은 질문들이
오가곤 했던 것이다. 이왕이면 다홍치마라는, 좋은 게 좋은
거라는 우리끼리의 자조 섞인 판단은 비슷한 커리어를 가진
경우 당연히 더 외모가 좋은 여성을 인터뷰이로 선택하는 것
으로 결론 나기 일쑤였다.

그리고 그렇게 조금이라도 더 멋진 모습들로 지면이 채워져
야 했기에, 인터뷰이로 선택된 그녀들의 외모는 매번 전문가
들의 손길을 거쳐 다시 태어나야만 하는 숙명도 존재했다. 헤
어 스타일리스트, 메이크업 아티스트, 패션 스타일리스트를

고용하는 비용은 당연히 잡지사가 지불했다. 물론 작은 얼굴과 잘록한 허리, 늘씬한 팔다리로 해당 인터뷰이의 몸매를 최대한 보정하는 것은 포토그래퍼의 몫이었다. 자신의 성공 스토리나 일상의 취미를 소개하는 잡지 속의 일반인이 외모까지 수준급이었던 것에는 이런 비밀이 숨겨져 있었던 것이다. 부끄러운 이야기다. 외모 지상주의가 옳지 않다고 말하는 칼럼과, 외모 지상주의에 의해 만들어진 인터뷰 기사가 하나의 책 속에 존재하는 잡지를 만든다는 일.

이렇게 세상이 만들어둔 프레임을 그대로 답습해온 풍경은 좀 인기 있다는 여성잡지 중 어떤 책을 들춰보아도 비슷하게 나타나는 풍경이다. '된장녀처럼 보이면 안 되기 때문에' '그에게 개념녀로 보이고 싶다면' 같은 표현들이 책 속에 심심찮게 등장하기 때문이다. 일부 남성들이 여성을 매도하기 위해 만든 편견 어린 단어들이 여성잡지 속에 버젓이 존재하는 것을 어떻게 이해해야 할까. 그따위 단어들을 비판하거나 개념녀가 되려고 노력할 필요가 없는 이유를 호기롭게 제안하는 잡지를 기대하기란 여전히 어려운 일까? 60페이지쯤에서는 여성운동가를 인터뷰하면서, 120페이지쯤에 와서는 '그에게 개념녀로 어필하는 법' 같은 기사가 등장하는 자아분열적 상황을 보고 있으면, 어쩌면 이것이 여성으로서 자신의 정체성과 젠더 의식을 비로소 쌓아나가기 시작한 우리들 스스로의 모습 같아 마음이 복잡해진다.

한 가지 또 아쉬운 점은 너무도 많은 화보와 칼럼에서 남자를 의식한, 남자의 눈치를 보는 시각이 드러난다는 점이다. '남자를 유혹하는 패션' '남자들이 싫어하는 화장법' '남자의 마음을 사로잡는 섹스 테크닉'과 같은 기사들이 넘쳐난다. 7월호 패션 기사에서는 글래디에이터 샌들이 트렌디하다고 소개해놓고, 8월호 피처 기사에서는 소개팅 나갈 때 신지 말아야 할 아이템으로 글래디에이터 샌들을 소개하는 식의 모순 역시 동일하게 목격된다. 마치 어떤 순간에든 여성에게 남성은 의사 결정의 기준으로 작용해야 함을 주장하기라도 하는 것처럼.

슬프지만 이것은 책을 만드는 사람들이 여전히 자신을 옥죄는 프레임을 탈출하지 못했기 때문일지 모른다. 여성들 스스로도 여전히 남자들이 만들어놓은 세상의 프레임을 벗어나기 힘들기 때문에, 그런 생각이 고스란히 책에 나타나는 것이다. 여성을 위한 콘텐츠를 만든다고 하지만, 더 예뻐지고 더 스마트하고 더 행복하게 지낸 노력의 결말이 '좋은 남자와 행복하게 결혼하는 것'이라고 내심 믿으면서 다들 책을 만들고 있는 것은 아닐까? 여성으로서의 행복한 삶에는, 어떤 식으로든 남성이 필요하다고 믿고 있어서는 아닐까? 자신의 삶을 사랑하는 당당한 여성을 위해 책을 만든다는 여성들이, 정작 자신의 삶을 사랑하고 있지 않아서 이 모든 문제가 생긴 것은 아닐까?

이제 비단 잡지뿐 아니라, 여성을 대상으로 한 콘텐츠를 만드는 사람들이라면 진심으로 깊은 고민을 해보아야 한다. 콘텐츠 제작자들은 스스로의 젠더 의식을 다시금 진지하게 고민해야 하는 상황이 된 것이다. 겉으로는 여성의 삶을 고민한다고 주장하면서도 정작 여성혐오적 프레임을 벗어나지 못한 콘텐츠를 제작하는 이들은 빠른 속도로 신임을 잃을 것이다. 여성혐오 범죄를 다루면서 '묻지 마 살인'이라고 뭉쳐버리는 식으로 접근하는 매체, 여성이 맘놓고 밤거리를 다닐 수 있는 사회가 아님을 비판하는 대신 '싱글녀 안전수칙'만을 대안으로 내놓는 매체는 자신들이 지금 어떤 프레임 안에서 도돌이표를 반복하고 있는지 분명히 분석해야 한다. 많은 여성들이 여성으로서의 삶에 이전 세대보다 더 많은 고민을 하고 다양한 이슈에 목소리를 내기 시작했으며, 이를 자각한 여성들은 다시 예전으로 돌아갈 수 없기 때문이다.

그리고 무엇보다도, 여성의 문제는 단지 여성의 문제가 아니라 남성의 문제이며 동시에 우리 모두의 문제이기 때문이다. 다만 이 사실을 여전히 깨닫지 못한 사람들만이 시대착오적인 콘텐츠를 답습하고 있을 뿐. 젠더 의식의 유무는 사람들의 마음을 잡느냐 그렇지 못하느냐 하는 과제와 직결된다. 변화의 속도는 조금 느릴지 몰라도, 그 양상은 우리가 미처 깨닫지 못한 사이에 나타나기 마련이다. 지금까지의 모든 변화가 그랬던 것처럼.

한때는 '된장녀들이나 보는 책'으로 매도당했고, 지금은

'독립적인 싱글 여성을 위한 책'으로 스스로를 포지셔닝하고 있지만, 중요한 기로에 선 많은 여성잡지들을 마음속으로 응원한다. 여성을 위한 콘텐츠라고 부를 만한 것이 손에 꼽히는 사회에서, 여성잡지가 말할 수 있고 말해야 하는 몫이 적지 않으니까.

여자에게만
건네는
요상한 질문에 대하여

여성잡지의 한계와 관점을 벗어나지 못했던 대표적인 기획이 한 가지 더 있다. 그것은 바로 소위 '성공한 여성'을 다룬 인터뷰물이다. 남성 위주의 기업문화 속에서도 임원의 자리에 오른 여성들이 늘 성공한 여성의 대표주자로 다뤄지곤 했는데, 문제는 그 여성들이 결혼을 한 경우 우리가 늘 빠지지 않고 건넸던 질문에 있었다.

"여성으로서 임원의 자리에 오른 것도 쉽지 않은 일인데, 두 아이의 엄마로도 행복한 삶을 살고 계시잖아요? 일과 가정 사이에서 어떻게 균형을 유지하시나요?"

그녀들은 우선순위를 따져서 가장 중요한 것부터 처리하고, 모든 것을 완벽하게 해내야겠다는 욕심을 버렸다고 답했던 것 같다. 가족의 응원이나 배려가 큰 힘이 되었다고 말한 이도 있었던 것 같다. 그때마다 나는 고개를 크게 끄덕거리며 정말 부럽네요, 정말 대단하시네요, 라는 추임새를 넣으며 열심히 받아 적었던 것도 같다.

하지만 그렇게 성공한 듯 보이는 여성들에게 그 질문을 건네는 것이 우리가 할 수 있는 최선이었을까? 그러니까 이렇게 일과 가정을 동시에 멋지게 컨트롤하는 여성들이 있으니 우리도 이렇게 멋져지자고 말하는 것 말이다.

나는 그곳을 떠나오고 나서야 뒤늦게 깨닫는다. 우리는 그녀들을 멋진 인물로 소개하는 기사를 만들기 이전에, 어떻게 하면 일과 가정을 양립할 수 있느냐고 그녀들에게 묻기 이전에, 왜 이런 질문을 여자에게만 하고 있는지를 고민했어야 한다는 것을. 일하는 남자에게는 아무도 묻지 않는 질문을, 왜 일하는 여자에게는 아무 고민 없이 건네고 있는지를 치열하게 반성했어야 했다. 일하는 기혼의 남자에게 "일과 가정을 함께하는 비결이 무엇인가요?"라고 묻지 않고, 오직 일하는 기혼의 여자에게만 이런 질문을 건네는 사회여서는 안 된다는 말을 먼저 했어야 했다는 것을, 왜 그때는 깨닫지 못했을까? 여성을 위한 기사를 쓰고 인터뷰를 한다면서, 왜 여성에게만 일과 가정의 양립에 대한 책임을 물었을까?

사회적 인식과 시스템에는 의문을 제기하지 않은 채, "정 일을 하고 싶으면 둘 다 잘하는 수밖에!"라고 말하는 것이 그저 여성잡지가 할 수 있는 최선이라고 쉽게 생각해버린 것은 아니었는지, 이렇게 제법 시간이 지나고 나서야 뼈아프게 깨닫는다.

진지한 질문이 필요한 때다. 정말 여성을 위하는 것은 무엇일까? 여성의 목소리를 담는다는 것은 어떤 일들로 이루어져야 할까? 정말로 여성을 위하고, 그들의 목소리를 대변한다고 말할 만한 글을 찾기 참 어렵다. "왜 그래야 해?"라고 의문을 제기하는 목소리에는 아무리 힘껏 외쳐도 아무런 대답이 없다. 작은 웅성거림이 모여 큰 메아리로 돌아올 때까지, 나는 무엇을 해야 할까?

스스로
만족할 수 있는
섹스에 대하여

"나 여전히 섹스를 하고 뜨거운 기분을 느끼고 싶어. 하지만 남편하고는 이젠 별로 하고 싶지 않아. 정말 재미도 없고, 하나도 좋지가 않아."

오랜만에 만난 친구는 마치 고해성사라도 하듯 내게 말했다. 그녀 앞에선 그저 걱정 반 쓸쓸함 반의 미소를 지어 보였지만, 집에 돌아와 한동안 시간이 지나도 그 말이 자꾸만 귓가에 맴도는 것은 어쩔 수 없었다. 사랑하는 상대와 행복한 섹스를 지속적으로 갖기란 애초에 수월하지 않다는 것을 알지만 아직 긴긴 삶이 남아 있는데 그 세월 동안 뜨겁게 섹스할 수 없다는 상상을 하면 가혹하다는 생각마저 들었다. 조금도 꾸미지 않은 맨얼굴과 맨몸으로, 내가 좋아하고 아끼는 그 육체에 안겨 천천히 달아오르고 나 또한 그 육체를 마음껏 탐닉하는 시간, 마치 속도를 제어할 수 없는 열차에 함께 올라탄 것처럼 클라이맥스를 향해 치닫는 시간, 두 사람이 함께 절정을 느끼며 서로의 몸에 누가 먼저랄 것도 없이 포개지는 시간이 인생에서 증발한다는 것이니까. 위험을 무릅쓰고 불륜을 감행하거나, 전격적으로 이혼 결정을 내리지 않는 이상 그녀의 몸은 이제 뜨거워질 수 없을까.

하지만 이렇게 섹스에 흥미를 잃는 일이 그저 결혼한 지 수 년이 지난 부부들만의 문제는 아니다. 이십대 여학생들과 함께 연애나 섹스에 대한 이야기를 나눌 때, 거의 빠지지 않고 등장하는 주제가 '잠자리에 대한 불만'이다. 하자고 하니까 못 이기는 척 하긴 하는데, 별로 좋은 느낌이 없으니 계속 해야 할지 말아야 할지 모르겠다는 것이다.

사실 꽤 오랫동안 사람들의 섹스 라이프를 취재해온 내 입장에선 이런 이야기를 들을 때마다 안타까움을 넘어 분노마저 느낀다. 십수 년 전 이십대 여성들이 하던 고민을, 오랜 시간이 흐른 뒤에도 똑같이 이십대 여성들이 하고 있어서다. 내가 일을 시작하던 2000년대 초반보다 확실히 사회의 분위기는 개방적이 되었지만, 여성들이 실제로 자신의 파트너와 섹스했을 때 느끼는 쾌감과 행복은 여전히 제자리에 머물러 있다는 생각이 든다. 아무리 사회의 분위기가 바뀌었어도, 정작 관계 속에서 느끼는 개인의 행복은 바뀌기 쉽지 않다. 잠자리 고민을 상담해주는 프로그램이 생기고 19금 영화에 호평이 이어진다고 해도 달라지지 않는다는 뜻이기도 하다. 그리고 단지 섹스 관련 콘텐츠가 우후죽순 생겨나고 있을 뿐이지, 여성들은 예나 지금이나 침대 위에서 별달리 큰 행복을 누리지 못하고 있다고 지속적으로 고백해왔다.

내가 있던 매체에서 4년 연속으로 이십대, 삼십대 여성들에게 섹스 만족도에 대한 설문조사를 했을 때 나온 결과가 이를 잘 말해준다. '섹스하고 나서 좋지 않았지만 좋았다고 거짓 고백한 적이 있다'고 답한 여성이 답변 여성 중 70%에 달했기 때문이다. 사회는 점차 개방적으로 변해가는 듯 보였을지 모르지만, 정작 여성들은 자신의 기분이나 느낌조차 솔직히 말할 수 없는 상태에서 한 발짝도 나가지 못했다. 이런 섹스를 과연 '내가 한 섹스'라고 말할 수 있는 것일까?

만족스럽지 못한 섹스를 하고 있다면, 어떤 부분부터 손을 봐야 할까? 많은 상담 전문가나 연애 칼럼니스트들, 그리고 이 분야를 다루는 여성지의 에디터들은 파트너와의 솔직한 대화와 배려가 가장 중요하다고 조언해왔다. 나 역시 잡지에 소속된 기자로 일할 때는 언제나 대화가 가장 중요한 덕목이니 마음의 문을 열고 대화를 시도해보라는 기사를 숱하게 썼다.

하지만 이젠 좀 솔직해져야 한다. 대화를 해서 곧장 해결이 될 정도의 상황이었다면, 애초에 이런 불만이 깊어질 이유가 있었을까? 내 파트너가 어떤 식의 애무를 좋아하는지, 어느 타이밍에 가장 달아오르곤 하는지, 특별히 선호하거나 싫어하는 체위가 있는지, 그 외에도 다양한 정보를 서로에게서 알아내기 위해서는 어떤 식으로든 커뮤니케이션이 존재해야 했다. 하지만 애초에 그런 정보를 알아낼 수 있는 커뮤니케이션이 부재했으니, 함께 소통하고 서로를 기쁘게 해주어야 할 섹스가 어느 때부터인가 일방통행이 되어버렸을 수밖에.

그런데 이제 와서 '별로 좋았던 적이 없다'는 이야기를 진지하게 대화로 푸는 일이 가능할까? 용기를 내서 최대한 조심스럽게 이야기한들 이제껏 일방통행식으로 섹스를 해온 남자는 여자의 이야기를 감당하기 힘들어질 것이다. "사실은…… 지금까지 오르가슴을 제대로 느껴본 적이 없어"라고 고백하는 여자 이야기에 반성할 정도의 남자라면, 애초에 그런 섹스를 하지 않는다는 얘기다.

만족할 수 있는 섹스를 하고 싶다면, 그러니 애초에 '그것이 가능한 남자'를 잘 선택해야 한다. 자기 몸의 욕구만 중요하게 생각한다면, 침대 위에서 당신이 무엇을 원하는지 궁금해하지 않는다면, 당신이 오르가슴을 느낄 수 있도록 정성을 다하지 않는다면, 그 남자는 그냥 계속 그럴 남자로 남을 가능성이 크다. 대화를 통해 더 좋은 관계를 만들 수 있는 건 애초에 그럴 만한 남자와 관계를 맺었을 때나 가능한 일이다. 내가 선택한 남자가 그럴 만한 남자인지 아닌지 파악하는 과제는 온전히 여자의 몫이 된다.

그리고 그 과제를 잘 수행하기 위해서 '내 몸이 어떻게 해야 기분좋아지는지'를 정확히 알고 있어야 한다. 자신이 특별히 좋아하는 성감대는 어딘지, 어떤 식으로 애무받으면 기분이 좋아지는지, 자위를 통해서든 파트너와의 다양한 시도를 통해서든 알고, 기억하고, 다양하게 느껴봐야 한다. 그리고 또렷하게 요구해야 한다. "이렇게 하고 싶어"라고 말이다. '생각하는 대로 살아라, 그렇지 않으면 사는 대로 생각하게 된다'는 프랑스 시인 폴 발레리의 말은 침대 위에서도 여전히 유효하다. 생각하는 대로 표현하고 요구하지 않으면, 행복하지 않은 섹스의 주인공으로 사는 운명만이 남아 있을 뿐이다. 내가 좋아하는 것을 좋아하는 사람과의 섹스에서 실현하지 못한다면, 둘이 함께하는 섹스일지라도 그건 그저 비루한 섹스 체험이 될 뿐이니까.

하지만 행복하고 만족스러운 섹스를 가로막는 가장 거대하고도 근원적인 문제는 여자가 잘못 고른 파트너도, 자신의 몸에 대한 무지나 무관심도 아니다. 이 모든 것이 가능했던 가장 큰 이유는, 바로 여성 스스로 내면에 갖고 있는 억압에 있다. 성에 대해 점점 개방적인 사회로 변화하는 듯 보이지만 여성이 자신을 성적 주체로 인식하는 과정에는 보이지 않는 높은 허들이 존재한다. '남자보다 많이 아는 것' '남자보다 더 많이 원하는 것' '경험이 많은 것' '섹스를 좋아하는 것'은 남자에게 사랑받기 위해 숨겨야 할 덕목일 뿐이다. 남자의 여자 경험은 '필수코스'나 '능력'으로 인정받지만 여자의 남자 경험은 '더럽혀지는 것' '숨겨야 하는 것'으로 치부되는 사회에서 어떤 여자가 자신이 원하는 것을 쉽게 이야기할 수 있을까? 특정한 취향이 있다는 것은 곧 그것을 해본 경험이 있다는 뜻

일 테니 말이다. 자신이 무엇을 좋아하는지 알기도 쉽지 않지만, 좋아하는 것을 말하기도 쉽지 않은 상황에서 여성은 섹스를 통해 행복할 권리를 자신도 모르게 포기한다. 앞서 '좋지 않았지만 좋았다고 고백한 적 있다'고 답한 75%의 여성들은 결국 이런 과정을 거쳐 거짓말을 하게끔 내몰리진 않았을까.

자신의 몸에 일어나는 일에, 좋아하는 사람과 한 몸이 되어 서로에게 깊은 일치감을 느끼는 일에, 진실한 태도를 가질 수 없는 것은 개인적 비극이다. 그리고 여성들의 개인적 비극이 모여 거대한 비극이 탄생한다. 순결이란 단어에 갇힐 것이 아니라 몸의 욕구를 소중히 여기고, 남자의 시선이 아니라 내가 내 몸을 보는 시선을 존중할 때 섹스를 통해 행복해질 수 있다. 그리고 그런 여성들이 한 명씩 늘어날 때 비로소 이 비극은 점차 사라질 것이다.

당신은, 우리는, 이 순간 죽어도 좋겠다는 생각이 들 정도로 죽여주는 섹스를 즐길 권리가 있다. 그 권리를, 스스로 포기하지 말기를.

잠자리 횟수를
이야기하는
방법에 대하여

한번은 강연을 갔다가 이런 질문을 받은 적이 있다.

"남자친구가 하루에 일곱 번씩 할 정도로 힘이 좋아요. 저도 좋긴 좋은데 다음날 되면 진이 다 빠져요. 저희 이래도 괜찮을까요?"

질문을 함께 들은 다른 학생들은 키득대며 웃었고, 부러움 가득한 야유가 강연장에 울려퍼졌다. 하지만 나는 '이래도 괜찮은지 아닌지'에 대해 답하지 않았다. 대신 이렇게 물었다.

"일곱 번? 그건 남자가 사정한 횟수를 말하는 거죠? 그럼 당신 기준에선 몇 번 한 거예요? 당신은 몇 번을 느꼈나요?"

하하호호 웃던 학생들은 갑자기 당황스러운 표정으로 변했다. 섹스의 횟수를 가늠하는 기준은 언제나 '남자의 사정'이었는데, 꼭 그게 기준일 필요는 없다는 것을 처음 깨달은 얼굴들이었다. 남자를 사정하게 하는 것이 섹스의 목표가 아니기에, 섹스를 '몇 번 했다'의 기준을 남자의 사정을 기준으로 말할 이유가 없다. 몇 번의 클라이맥스를 함께 경험했는지, 얼마만큼의 뜨거운 교감을 함께 느꼈는지가 중요할 뿐이다.

내가 좋을 것, 그리고 동시에 상대방도 좋을 것. 그렇게 되기 위해서 부단히 노력할 것. 이것을 만족시키지 못하는 섹스는 수십 수백 번을 해도 의미가 없는 일이니까. 너의 사정만큼 나의 오르가슴도 소중하니까.

식습관 조절로
얻은
기쁨에 대하여

지금은 '그 정도면 보기 좋은 편'이라는 소리까지는 듣게 됐지만, 사실 어린 시절부터 오랫동안 내 몸을 제대로 좋아해본적이 없다. 십대 내내 덩치가 크다는 소리를 들으며 가녀리게 태어나지 못한 나를 저주했고, 친구들이 모두 날씬해지는 이십대가 되어서도 다이어트엔 조금도 관심이 없어 오죽하면 밥을 먹는 도중에 엄마가 그만 좀 먹으라며 밥그릇을 뺏는 일까지 있었을 정도다.

삼십대가 되어서 처음으로 운동에 관심을 가지면서 퍼스널 트레이닝과 요가를 시작했지만, 문제는 음식에 대한 집착이었다. 어느 정도 잘 조절하다가도, 심리적으로 조금만 불안해지면 바로 식습관에 문제가 생겼다. 생리하기 일주일 전부터 어김없이 빵이며 초콜릿을 폭식했고, 업무적으로 스트레스 받았거나 야근하는 날이면 편의점에 있는 주전부리를 다집어삼킬 사람처럼 책상 위에 쌓아두고 먹어대곤 했다. 생리전증후군은 한 달 평균 일주일이고, 야근은 한 달에 열흘 정도 했으니, 나는 딱히 업무적으로 스트레스를 받을 일이 없다

하더라도 대략 한 달의 반 정도를 폭식과 군것질의 노예로 살 았던 셈이다.

하지만 가장 큰 문제가 있었으니, 그건 바로 날마다 느껴지는 외로움이었다. 지치고 힘든 몸으로 집에 돌아오면, 그렇게 허전할 수가 없었다. 어떻게 해도 채워지지 않는 공허한 마음 때문에 혼자서 와인 한 병을 다 비우며 울어보기도 했지만, 뭔가 풀리는 느낌도 그때뿐이었다. 인생이 본래 다 이런 것일까? 그 어느 때보다 바쁘게 지내는 직장인으로서의 시간이었지만, 그 어느 때보다도 외로운 사람으로서의 시간이었다. 하지만 문제는 외롭다고 느껴질 때마다 나는 동시에 '배고프다'고 느꼈다는 것이다. 밤마다 배가 고프다고 생각한 나는 자다가도 깨서 라면을 끓여 먹고, 계란 프라이를 세 개씩 해 먹을 정도로 이상한 식습관으로 빠져들었다. 운동을 하는데도 살이 찌니, 더이상 운동을 할 이유가 사라져버린 것도 그때쯤이었다.

만약 그때 스스로를 돌아볼 힘이 더 있었더라면, 나는 조금 다른 삶을 살 수 있었을지 모르겠지만 결과는 정반대였다. 운동을 계속하면서 식습관을 고쳤어야 했지만, 나는 운동도 그만두었고 먹는 일도 그만둬버렸다. 이 지긋지긋한 쳇바퀴로부터 어떻게든 달아나고 싶어서였을까. 보름 동안 일체의 음식을 끊고 오직 한약과 효소액만 먹는 디톡스 단식을 했던 것이다. 한 사흘은 배고픔 때문에 너무 힘들었지만, 적응이 되고 나니까 매 끼니마다 무엇을 먹을까 누구와 먹을까를 고민하던 일이 사라지고, 배고픔을 느끼는 일조차 사라지니 마음이 평안해지는 느낌이 참 좋았다. 하루에 500그램씩 꼬박꼬박 몸무게가 줄어드는 것도 엄청난 쾌감이었다. 단식 이후에도 무염식과 소식을 이어간 끝에, 한 달 반 만에 10킬로그램 넘게 몸무게를 감량하게 되었고, 당시 잡지 지면에 〈나의 단식 체험기〉를 자랑스레 쓰기도 했다. 날씬해졌다는 칭찬을 들으니 그렇게 행복할 수가 없었다. 음식에 대한 과한 열망, 내 몸에 대한 부정적인 생각을 그렇게 다 털어냈다고 나는 생각했다. 아니, 착각했다.

단식으로 급하게 빠진 살은 불과 몇 달이 지나지 않아 점점 원상복구되기 시작했고, 외로움이나 공허한 마음이 느껴질 때면 예전처럼 늦은 시간 음식에 손을 대기 시작했다. 그리고 아마도 그때쯤이었을 것이다. 뇌에서 '외로움'을 느끼는 부위와 '배고픔'을 느끼는 부위가 굉장히 가까이 위치해 있어서, 많은 사람들이 외로움과 배고픔을 착각한다는 자료를 보게 된 것이. 내가 느낀 그 숱한 공복감이, 사실은 외로움이었을지 모른다고 생각하니 뒤통수를 제대로 한 방 맞은 느낌이었다. 이 넘치는 살들이, 결국 내 외로움을 어찌하지 못해서 생겨난 부산물이라는 말인가.

우리나라에도 꽤 여러 권의 저서가 소개된 바 있는 베르벨 바르데츠키는 본인의 책 『여자의 심리학』에서 나처럼 식이장

애를 경험하며 괴로워하는 여성들의 이야기를 심도 있게 분석하고 있다. 어린 시절에 긍정적 애착관계를 형성하지 못한 사람은 다른 사람과 깊은 관계를 맺기 어렵고, 애착을 제대로 경험하지 못한 사람은 분리되는 것에도 어려움을 겪는다는 것이다. 하지만 자존감이 약한 여성들에게 분리(헤어짐)란 심각한 방치와 마찬가지로 여겨지고, 그래서 부모로부터 독립하거나 남자친구로부터 버림받으면 어린 시절에 받았던 소외나 방치의 경험을 떠올리고 음식이나 약물에 손을 뻗게 된다는 것이다.

감정적 공복 상태, 더이상 관심과 애정을 받을 수 없다는 두려움이 물리적인 공복감과 식탐으로 변형되는 것이다. 이때 먹는 행위는 (중독성이든 아니든) 버림받은 슬픔을 표현하는 도구다. 나아가 자존감을 유지하는 데 꼭 필요한 자극, 끝없는 나락으로 빠지지 않기 위해 꼭 필요한 외부로부터의 자극을 받지 못하는 것에 대한 두려움의 발로다.

이 문장을 보았을 때, 나는 비로소 스스로를 직면하고 어디서부터 단추가 잘못 끼워졌는지 가늠할 수 있었다. 어릴 때부터 집에 혼자 방치되다시피 했던 시간이 많았고, 혼자서 식빵이며 과자를 먹으며 하루종일 부모님이 오실 때까지 무료한 시간을 보내곤 했던 기억도 새삼 떠올랐다. 그토록 관심과 사랑을 갈구했지만, 사실은 늘 외로웠다는 것도 깨달았다. 곁으로는 씩씩하게 직장생활을 하고 있는 것처럼 보였지만, 사실 내면에는 나약한 자존감과 빈곤한 애착관계가 자리하고 있었고, 혹시라도 버림받지 않을까 늘 전전긍긍한 상태로 지내고 있었던 것이다.

그리고 가끔이었지만 어린 시절 엄마 아빠에게 "저런 걸 왜 낳아서……"라는 말을 들었던 아픈 기억들도 함께 떠올랐다. 어린 시절 이런 이야기를 지속적으로 듣고 자란 사람의 경우 실제로 자꾸만 스스로를 파괴하는 행동을 저지를 가능성이 높다고 지적하는 대목에선 끝없는 슬픔이 밀려왔다. 잊었다고 생각했지만, 내 안의 어린아이는 아직 그 모든 말들을 선명하게 기억하고 있었다. 처음으로 부모로부터 독립을 했을 때, 이혼 결정을 전후로 엄청난 자책감에 시달렸을 때, 애인에게 갑작스럽게 결별을 통보받았을 때, 내가 왜 그토록 음식에 집중했는지 그 모든 실마리가 풀린 셈이었다.

뚱뚱하면 여자도 아니라는 폭력적인 사회적 시선에 고스란히 노출되어 평생을 살고, 매년 여름이 되면 급박하게 다이어트를 감행하는 수많은 한국 여성들에게 정말 필요한 것은 재빨리 살을 빼준다는 약물이나 특정 부위의 지방을 없애준다는 온갖 시술이 아니다. 가장 중요한 건 음식을 편안하게 받아들일 수 없게 하는 자신 마음속의 어떤 문제를 해결할 수 있는 힘이다. 비정상적인 식욕은 그 어떤 다른 노력도 수포로 돌아가게 만들고, 아무리 날씬해져도 48킬로그램이 되지 않는 이상 스스로를 좀처럼 만족할 수 없게 만든다. 마음의 문제를 풀지 못한 상태에서, 사회적으로 배제당하지 않기 위해 그저 타의에 의해 시작하는 다이어트는 결국 방향을 잃고 자기 자신을 해치기 십상이기 때문이다. 늘 다이어트를 하는데도 식습관의 문제가 크다고 판단된다면, 다른 시술을 시도할 것이 아니라 자기 마음을 돌아보아야 하는 것은 바로 이 이유에 있다.

이제 나는 오직 나를 위해 먹을 것을 선택하고 감사히 먹는 삶을 살고 있다. 무언가를 외면하기 위해서, 고통을 이겨보기 위해서 음식을 선택하던 삶으로 돌아갈 이유가 없기 때문이다. 좋은 음식을 혼자 먹는 일은 얼마나 즐거운 일이고, 좋은 음식을 좋아하는 이와 나누는 일은 또 얼마나 가치 있는 일인가. 음식을 대하는 태도가 바뀌는 순간 삶이 바뀐다는 말을, 요즘 들어 더욱 자주 되새기게 된다.

여자의 몸을
훑고자 하는
시선에 대하여

월드컵 응원 붐을 타고 순식간에 유명해진 한 여성이 있었다. 수많은 응원객들 사이에서 도도하고 섹시한 자태로 자신의 존재감을 드러내 얼마 후 가수로 데뷔하기까지 했던 '미나'라는 여성. 대중에게 처음 알려진 이유가 끝내주는 몸매에 있었다보니, 그녀가 잠시의 유명세를 통해 가수로 데뷔했을 때 가장 주목받았던 포인트 역시 그녀의 '몸'이 되는 건 어찌 보면 당연했다. 상당히 오랫동안 노력했을 것이 틀림없는 근육질 몸을 갖고 있던 그녀가 무대에 오른 2002년, 그때 세간의 반응을 기억한다. '여자로서는 너무 과한 느낌이라 부담스럽다' 그리고 '노출이 너무 심하다'는 것. 선명한 복근과 허벅지의 말근육을 과감하게 드러낸 그녀의 무대 의상은 대중이 자연스럽게 받아들이기엔 시기상조였던 것이다.

하지만 지금에 와 그녀의 무대 영상을 다시 보면 일종의 격세지감까지 느낀다. 숱한 '몸짱녀'가 각종 미디어에서 주목을 받고 있는 요즘, 그녀의 몸은 그저 건강해 보이는 몸일 뿐, 그렇게 부담스럽거나 선정적인 느낌은 아니다. 오히려 지금쯤 그녀가 가수로 데뷔했다면, 그전보다 훨씬 긍정적인 반응을 얻었으리라는 생각마저 들 정도다.

하지만 이것이 그저 '요즘은 근육녀가 대세야'라 생각하고 넘어갈 이야기일까? 나는 가수 미나가 그 시절 '부담스럽다'는 이야기를 들었고, 그녀의 과거 영상을 보는 내 생각이 달라진 것에서, 여성의 몸을 바라보는 우리의 시선이 얼마나 간사하고 또한 여성으로서의 내가 얼마나 수동적인 생각의 틀에 머물러 있었는지 새삼 깨닫는다. '여자는 이런 몸이어야 예쁘지' '여자라면 이런 몸매를 가져야 여자답지'라고 아무 저항 없이 받아들였음을 인정할 수밖에 없는 것이다. 어떤 여성의 몸을 그냥 그 사람의 몸으로 받아들이지 못하고, 내가 속한 사회의 시선으로 재단하고 평가했다는 그 자각 말이다.

시대마다 가장 아름답다고 여겨지는 여성의 몸매는 늘 변화해왔다. 고대에는 사람이 곧 노동력이었기에 아이를 많이 낳을 수 있는 풍만한 여성이 미인이었고, 정숙이 높은 가치였던 중세에는 가슴이 작고 흰 피부를 가진 여성들이 미인으로 인정받았다. 사회적 분위기나 그 사회가 높이 평가하는 가치가 곧 여성의 외모에 점수를 매기고 분류하는 중요한 기준이 되었다. 주류 사회인 남성을 만족시키는 존재로서의 여성은 그 시대가 원하는 미의 기준과 동떨어져 있어서는 곤란했으므로, 어느 시대를 막론하고 여성은 자신의 외모에 최대한의 힘을 쏟도록 학습되었다. 외모를 잘 관리하지 않는 여성은 여성으로서의, 아니 인간으로서의 가치를 언제든지 평가절하당해도 마땅한 존재로 여겨졌다.

사실 '시대별 여성상' 자체가, 여성이 어떤 식으로든 칭송을 받는 듯 보이지만, 그와 같은 조건을 가지지 못한 다수의 여성을 배제하고 격하하는 남성중심의 사회적 장치라고 해야 하지 않을까? 자신의 재능을 펼칠 기회가 남성과 동일하지 못했던 여성에게, 외모를 통해서 남성에게 선택되고 그를 통해 주류 사회로 편입되는 것 말고 별다른 선택지도 없었겠지만.

우리나라의 경우 불과 30여 년 사이에만도 미인의 기준이 숱하게 변해왔다. 1990년대까지만 해도 김혜수, 고소영 등 당당한 이미지의 여성들이 미디어에서 미인으로 추앙되었지만, 2000년대에는 심은하, 황신혜 등 작은 얼굴에 가녀린 몸을 가진 여성들이 칭송을 받았다. 그리고 현재는 '여자라면 당연히 48kg여야 한다'며 최대한 마른 몸을 선호하는 입장과 '얼굴은 아기 같고 몸매는 글래머러스해야 한다(사실 가슴이 커야 한다는 것뿐이지 이 경우에도 살이 쪄서는 곤란하다)'며 '베이글녀'를 선호하는 입장이 공존하고 있다. 미인의 기준은 시시때때로 변했지만, 변하지 않은 건 '여자는 언제나 매력적인 몸매를 가져야 한다'는 명제 외엔 없는 셈이다.

실제로 비만한 여성은 취업시장이나 결혼시장에서 눈에 띄게 기회가 줄어든다. 때문에 다이어트 관련 시장은 매년 성장을 거듭하고 있으며, 많은 여성들은 그 부작용과 위험성에도 불구하고 수도 없이 지방 흡입을 위해 수술대에 오르는 것도 마다하지 않는다.

각종 머슬대회에서 입상한 여성들이 미디어에서 뜨거운 주목을 받고 화려한 활동을 이어가는 것을 보며 이제 강인한 여성이 주목받는 시대가 왔다고 이야기하기도 한다. 근육질 여성 가수의 몸이 '과한 것'으로 받아들여지던 것에 비하면 꽤 큰 변화로 보이기도 한다.

하지만 정말 그럴까? 지나가는 여자를 보며 아무렇지 않게 몸매를 품평하고, 대학생들이 단톡방에서 동기 여학생의 몸매를 가지고 입에 담을 수 없는 성적 발언을 하다 발각되는 사회인데? 구글 검색창에 자음 하나만 쳐도 온갖 몰카 사진이 주르르 딸려 나오고, 여고생들의 장난스러운 졸업앨범 사진에다 '너희 시집은 다 갔다'며 조롱하는 사회인데? 강인한 여성이 주목받는 시대가 온 것이 아니라, 남자가 흥미를 느끼는 여자 몸의 조건이 하나 더 늘어난 것뿐이다. '머슬녀' '몸짱녀'라는 자극적이고 도식적인 단어 위에서 한 여성이 몇 주 혹은 몇 달간 주목받다 순식간에 그 자리를 새로운 여성이 대체하고 이러한 과정이 되풀이되는 지금의 상황이 모든 것을 말해준다. 탄력과 에너지가 넘치는 육체로서 순간 주목받지만, 자기 자신으로서 제대로 존재할 수는 없다. 더 젊고, 더 예쁘고, 더 뉴페이스인 여성은 언제든지 공급되는 존재로 여겨지기 때문에 그저 그런 트렌드 속에서 순식간에 소비되는 존재로밖에 기능할 수 없다.

여성의 몸은, 예전이나 지금이나 관음의 대상이며, 철저히 타자화되어 소비될 뿐이다. 여성이 자신의 몸을 있는 그대로 받아들이기가 쉽지 않은 이유는 내면이 약해서가 아니라, 여성으로서의 몸이 늘 이런 식으로밖에 규정되지 못했기 때문인지 모른다.

아, 머슬녀가 인기라고 해서 근육 운동을 시작하는 일이 부질없는 이유를 설명하려다 이렇게 많은 이야기를 하게 될 줄이야.

운동하는
삶으로의
변화에 대하여

나의 친언니는 내가 초등학교 1학년일 때부터 테니스 선수였다. 짧은 머리에 구릿빛 마른 몸으로 그 넓은 코트에서 라켓을 휘두르는 모습이 어린 눈에도 얼마나 멋져 보였는지 모른다. 큰 키와 다부진 체격, 남다른 순발력으로 어렸을 때부터 촉망받는 선수였고, 대학도 체육교육학과에 진학했다.

하지만 동생이었던 나는, 말하자면 언니와는 정반대의 몸을 갖고 태어났다. 작은 키만 아니었을 뿐 운동엔 젬병이었다. 체육은 수우미양가 중 '양' 혹은 '가'를 받기 일쑤였고, 100미터 달리기를 하면 22초를 넘겨 반에서 꼴찌를 다투었으며, 초등학교부터 고등학교까지 단 한 번도 체육시간이 좋았던 적이 없었다. 하루는 언니가 테니스를 가르쳐주겠다고 해서 라켓을 들고 몇 차례 공을 받아본 적이 있는데, 언니는 한숨을 쉬며 '한 마리의 오징어가 흐느적거리는 모습 같다'며 내가 운동하고는 거리가 멀어도 한참 먼 인간형임을 주지시켜주었다. 나는 몸을 움직이는 것이 그저 귀찮고, 실제로 내 몸이 그렇게도 묵직하게 느껴질 수 없는 십대를 보냈다. 그렇다고 이십대가 되어 달라졌는가 하면 그러지도 못했다. 정신없던 사회초년생 시절, 퇴근 후엔 각종 찌개에 소주를 곁들여 먹다 마지막에 면과 밥을 투하해 먹었을 정도로 끊임없이 음식을 탐했다.

하지만 긴 시간이 지나고 서른여덟의 나는, 요즘 그 어느 때보다도 운동에 푹 빠져 지낸다. 일주일에 나흘은 무거운 바벨과 씨름하고, 사흘은 매트 위에서 땀에 흠뻑 젖도록 요가 수련을 한다. 운동하고는 절대 거리가 먼 유전자를 타고 태어났다고 믿어 의심치 않았던 내가 이렇게 변할 수 있다는 것에 처음엔 놀랐고, 지금은 예전에 어떻게 지냈는지 기억조차 희미해질 정도로 운동 없이는 살 수 없는 상태가 되었다.

운동을 저주하는 사람에서 운동을 사랑하는 사람이 된, 이 드라마틱한 변화의 이유를 되짚어가다보면 서른한 살쯤 이혼 당시의 이야기를 해야 한다. 이혼을 하고 난 직후, 그것이 아무리 잘한 결정이었다고 해도 나는 꽤 비참한 패배자의 심정으로 나 자신을 돌아볼 수밖에 없게 되었다. 그리고 그 순간, 가장 먼저 내 눈에 띈 것은 나의 변한 몸이었다. 결혼 이후 한 달에 1킬로그램씩 차곡차곡 찐 12킬로 가량의 무게가, 그 둔탁하고 붓고 정체된 나의 육체가 마치 나의 지난 1년을 상징적으로 보여주는 것처럼 느껴졌다. 이혼 사실이 알려지는 것만으로도 괴로웠는데, 외모까지 망가졌다는 이야기를 듣고 싶지 않았다. 그리고 당장 그 모든 것을 몸에서 떨쳐내고 싶은 마음에, 나는 2주간 단식을 하고 이후 한 달간 극도의 식이조절을 했다. 그렇게 45일 만에 15킬로그램을 몸에서 덜어냈다.

엄청난 결과였다. 누가 봐도 날씬한 몸이 되었고, 마치 날아갈 듯한 기분이 되었다. 나의 몸을 되찾은 느낌 그 자체만으로 행복과 활력을 느꼈다. 하지만 문제는 그후였다. 가을이 되었고, 극도로 제어했던 식욕은 새로운 남자친구와 연애를 시작하면서 이전의 두 배 정도로 폭발했다. 그리고 나는 다시 10여 킬로그램의 몸무게를 떠안았다. 그후로는 계절의 순환에 맞추어 몇 년째 몸무게도 함께 오르락내리락하는 일의 반복이었다. 봄여름엔 어떤 식으로든 날씬해지려 애썼지만, 가을겨울엔 결국 식욕을 주체하지 못하고 두툼한 옷 속에 나를 숨기는 그런 일의 반복이었다. 원푸드, 덴마크, 저탄수화물, 황제 다이어트 등 매년 다양한 방법으로 식욕을 제한했지만 가을이 되면 모두 원상복구되었다.

뭐라고 요약하면 좋을까? '사계절이 웬수?' 아니, 그때는 몰랐지만 이젠 이렇게 요약할 수 있다. '타의에 의한 강제 식이 제한'이라고 말이다. 봄여름엔 옷차림이 얇아지니 남들 눈을 생각해서 음식을 제한하고, 가을겨울엔 옷으로 감출 수 있으니 음식을 와구와구 먹었으니까. 먹어도 개운치 않고, 안 먹어도 행복해질 수 없는 루틴으로 스스로를 몰고 가야 할 만큼, 나는 그저 남들을 위해서 다이어트를 하고 있었다.

여성의 날씬한 몸매를 '착한 몸매'라고 별명 붙이는 사회에서, 이력서에 키와 몸무게를 당연히 기입해야 하는 것으로 여기는 사회에서, 살 좀 빼라는 말을 서로에게 아무렇지 않게 하는 사회에서, 여성은 24시간 몸매에 의해 가치를 평가당한다. 그냥 길거리를 지나가도 모르는 사람들이 경멸 어린 시선을 던지거나 뒤에서 수군대는 일을 경험하는 일은 비일비재하다. '여성이라면 마땅히 외모를 철저히 관리해야 한다. 그렇지 못한 여성은 도태되거나 비난받아 마땅하다'는 명제가 사회적으로 완벽히 인정받는 상황이라서 그런 것이 아닌가 싶다.

상황이 이러하니, 여성들은 나 자신을 위해서인지 아니면 그저 도태되지 않기 위해서인지 생각할 겨를도 없이 절박한 다이어트에 내몰리는 것이다. 절박한 심정으로 다이어트를 하니 가장 빠른 효과를 보기 위해 극도의 식이 제한이나 약물요법의 유혹을 받고, 단번에 지방이 없어질 거라는 기대로 지방 흡입을 선택하기도 한다. 문제는 이와 같은 강력한 방법이 몸에는 상당한 충격을 준다는 것이고, 나중에는 음식을 적게 먹더라도 살이 점점 빠지지 않는 체질로 변하게 만든다는 사실이다.

나 역시 급한 마음에 두 번이나 시도했던 2주간의 단식 이후, 오히려 살이 잘 안 빠지는 체질로 변했음을 느꼈다. 남은 인생 내내 풀만 먹고 살 수도 없는데, 내 몸이 아니라 남의 시선을 중심에 놓고 산다는 것이 얼마나 무의미한지 오랜 시간이 지나고 나서야 깨달았다. 사실 남을 위해서 날씬해지는 것을 목표로 하면, 날씬해지려고 애쓰는 기간 내내 전전긍긍하며 괴로운 날들을 보내야 한다. 또한 설사 날씬한 몸을 갖게 되더라도 행복해질 수 없다. 이제는 그 몸무게를 유지하기 위해 다시 전전긍긍해야 하기 때문이다.

누군가의 눈에 들기 위해서가 아니라, 정말 내가 원하는 몸의 상태를 진지하게 생각해봐야 할 이유가 바로 여기에 있다. 내 몸의 주인이 나여야만, 우리는 그 몸으로 하는 많은 생각들의 주인도 될 수 있기 때문이다. 자신의 몸의 주인이라는 자각은 저절로 얻어지지 않는다. 오직 날씬한 여성만이 사랑받을 수 있다는 사회적 맥락 속에서 이 자각을 얻을 기회는 매우 제한적이며, 이것은 단지 매일같이 운동한다고 해서 쉽게 얻어지는 어떤 것도 아니다. '나는 어떤 삶을 살기 원하는가'를 스스로에게 집요하게 질문하고 그에 맞추어 자신의 몸을 돌본 여성만이 자기 몸의 주인이 되는 경험을 한다.

타고난 덩치가 싫었고 그저 사람들에게 날씬해 보이고 싶어서 곡기를 끊고 저녁을 굶던 나는, 이제 더이상 타의에 의한 다이어트를 하지 않는다. 다만 나 자신을 위해 하루의 끼니를 잘 챙겨먹고, 숨이 턱에 찰 때까지 운동을 할 뿐이다. 정말 놀라운 건, 무거운 바벨을 들고 고난이도의 요가 동작을 하고 더 먼 거리를 뛰는 것 자체가 목표가 되고 나니 그 어느 때보다 놀라운 속도로 몸이 변해가고 있다는 것이다. 나 자신에게 집중하고 나의 한계를 짓지 않는 도전만으로 즐거운데, 거울 속 내 모습이 만족스럽게 변해가니 다른 일과 인간관계에도 활력이 넘친다.

나는, 이 나이가 되어서야 비로소 내 몸의 주인이 되는 것을 체험하고 있다. 먼길을 돌고 돌아 이제야 알게 되어서 조금 애석하지만, 그래도 나쁘지 않다. 내일은, 또 내일의 운동을 할 것이고 그러므로 나는 오늘보다 조금 더 강해질 테니까. 살아 있음의 환희를 즐기는 일이, 앞으로의 내 인생에는 이런 식으로 매일 있을 예정이니까.

참을 수 없는
2016년
성교육에 대하여

내가 초등학교에서 중학교를 넘어가던 때였을 것이다. 내가 받았던 처음이자 마지막 성교육은, 정자와 난자와 만나서 아이가 만들어지는 그림 말고는 별로 기억나지 않는 그런 구닥다리 교육이었다. 성교육이 맞긴 한데 정작 현실에서는 전혀 도움이 되지 않고, 기억에 남지도 않는 그런 이야기들의 총합.

요즘은 어떨까? 듣기로는 콘돔을 씌우는 방법을 시연할 정도로 리얼한 성교육을 하는 학교도 있다지만, 여전히 '임신이란 정자와 난자가 만나서'로 시작하는 비디오를 틀어주는 것으로 끝나는 학교들도 많이 있는 듯하다. 오래전에도 의아했지만, 이렇게 많은 시간이 지났는데도 똑같은 내용 똑같은 방식이 지속되고 있다는 것은 더 의아하다. 스마트폰 하나만 있으면 성인이든 아니든 성인용 콘텐츠에 얼마든지 접근 가능할 정도로 기술이 발달했지만, 자신의 몸과 타인의 몸을 대하는 태도에 대한 교육이 여전히 제자리인 건 꽤나 심각한 지점이다.

얼마 전 교육부가 일선 학교에 배포했다는 교사용 성교육 자료를 보면 더 한숨이 나온다. 면면을 살펴보면 이렇다. '남성의 성적 충동은 당연한가?'라는 질문에 '남성의 성적 욕망은 때와 장소에 관계없이 충동적으로 급격하게 나타난다'는 설명이 나오고, '성폭력은 여자 책임인가?'라는 질문에 대해서는 '평소 우유부단한 태도보다는 단호하게 의사 결정을 하는 모습을 보여준다'는 지침이 바로 연결되는 식이다. 한마디로 남자들은 성적 충동을 이길 수 없게 프로그래밍되어 있으니 그것을 참지 못해 성폭력이 일어난다면, 여자가 어떤 태도를 보이는지에 따라서 결론이 달라질 수 있다는 논리이다. 가해자와 피해자가 명확히 존재하는데, 가해자는 본능 뒤에 숨어버리고 피해자는 단지 우유부단한 태도만으로 비난받을 이유가 충분해진다.

남자들이 여자에 비해 성적 충동을 더 강렬하게 느낀다는 것이 물리적으로 참이든 그렇지 않든 폭력적인 행위의 면죄부가 될 순 없다. 올바른 성교육이라면 때와 장소에 상관없이 나타나는 급격한 충동을 조절할 수 있어야 한다고 말해야 하고, 폭력의 피해자에게 '당신은 책임이 없습니다'라고 해야 한다. 지금의 성교육은, 비겁한 남자와 위축된 여자를 길러내는 교육이라는 비판으로부터 자유로울 수 없다. 제도는 의식을 반영할 수밖에 없으니, 성에 대해 우리 사회가 갖고 있는 태도가 고스란히 교육과정에 반영되었다고 자조하기엔 이 사안이 너무도 중대하지 않은가?

비판할 대목은 이것으로 끝나지 않는다. 고등학교 성교육 자료에 데이트 폭력에 관련해 나와 있는 내용을 보면 놀라움을 금치 못하게 된다. 데이트 성폭력을, 데이트 비용을 많이 지불하는 남성 입장에서 여성에게 그에 상응하는 보답을 원하다보면 발생할 수 있는 일이라 설명하기 때문이다. 연애를 하기 위해서는 돈이 든다. 하지만 남녀를 막론하고 상대에게 쓰는 돈이 아깝다면 그 만남을 갖지 않으면 그만이지 그 돈이 아깝기 때문에 폭력을 써서는 안 된다. 물론 어떤 못나고 비겁하기 짝이 없는 남자들은 '내가 이만큼 돈을 썼는데 왜 넌 나에게 그만한 보답을 해주지 않지?'라며 폭력적으로 변할지 모르겠다. 하지만 그런 사람들이 존재한다고 해서 그 자체를 교육 내용으로 쓰는 것은 어떤 식으로든 정당화될 수 없다. 데이트 비용을 내지 않는 것에 불만을 느꼈다면 '너도 돈을 냈으면 좋겠다'고 말을 하는 것이 정상적인 사람의 행동이기 때문이다. '맞을 짓을 했으니 맞는 거다'라는 가해자 중심적 사고가 드러난 이 내용이야말로, 교육이라는 이름 아래 행해지는 비극이 아닐까.

비슷한 항목은 중등 성교육 자료에서도 버젓이 존재한다. 성폭력은 '이성 교제가 건전하지 못했을 때' 발생할 수 있다는 내용이 바로 그것이다. 건전함과 건전하지 못한 교제를 가늠하는 기준이 무엇이라고 생각하는 사람이 이런 항목을 삽입한 것일까? 아마도 이 항목을 쓴 사람은 십대의 스킨십이 건전하지 못한 것이고, 스킨십을 하면 성폭력에도 노출될 확률이 높아진다고 말하고 싶었던 것 같다. 하지만 참 신기하게도 이 문장 역시, 가해자의 존재는 어디론가 증발해버리고 폭력의 책임을 가해자와 피해자가 나눠가진다고 말하고 있다. 왜 폭력을 가해자 탓이라고 말하지 못할까? 왜 폭력은 어떤 경우에도 허용되어서는 안 된다고 가르쳐주지 않을까? 이성 관계에서 일어나는 불미스러운 상황들을 눈 가리고 아웅 식의 묘한 논리로 넘어가려고 하는 것이 대체 누구에게 도움이 된다고 생각하는 것일까?

전체적으로 중립적인 느낌으로 서술되어 있어 그 생각까지도 중립적인 것을 담고 있다고 오해할 사람들도 있을지 모르겠다. 하지만 성폭력 가해자는 대부분 남성이고, 피해자는 대부분이 여성인 상황에서 이러한 텍스트는 그저 여성의 '조신하지 못함'을 교묘하게 비판하고 있을 뿐이다. 그렇게 교묘하게 서술된 서사 속에서, 남성은 자신이 잠재적 가해자가 될 수 있음을 머릿속에서 지워버리고, 여성은 그저 피해자가 되지 않아야겠다는 모종의 피해의식을 주워섬길 뿐이다.

이런 교육을 성교육으로 받아들여야 하는 세대가, 어떻게 자신과 타인이 동등한 가치를 지니는 존재임을 또렷이 학습할 수 있을까? 어떻게 자신의 몸을 긍정적으로 인식하고, 타인의 몸이 소중하다는 사실을 당연한 명제로 받아들일 수 있을까? 서로 합의하에 다른 한 인간과 가장 친밀한 방식으로 결합하는 일에 대해, 그것이 행복과 연결된 문제라는 것을 학습할 수 있을까?

　나는 궁금하다. 남성이든 여성이든, 자기 행동에 책임을 져야 하고 상대방을 존중해야 한다는 메시지를 그토록 담기 어려운 이유가 뭘까. 몸만 어른이지 관계 맺는 태도에 대해서는 어른이 되지 못하는 세대, 잘못된 첫 단추는 젠더 의식이 결여된 시대착오적 성교육에서 찾아야 할지 모른다.

　그나마 한 가지 위안은, 교육부가 내놓은 자료에 대해 비판의 시각을 내놓는 사람들이 꽤 많았고 그 때문에 교육부에서도 내용을 수정하려는 움직임이 있었다는 사실이다. 또한 전과는 달리 성과 관련된 정보에 좀더 접근이 수월한 사회가 되었기에, 교육부가 내놓은 자료를 곧이곧대로 믿기보다는 좀더 비판적으로 볼 수 있는 학생들이 존재하리라는 예상 역시 위안이 된다. 질문을 허용하지 않은 채 일방적으로 상영되던 구닥다리 비디오 위주의 성교육은, 확실히 구시대의 산물이 되어가고 있다.

　하나마나 한 뻔한 이야기들을 훈계하듯이 늘어놓는 성교육의 시대는 이제 끝나야 한다. 19금이라는 닳고 닳은 단어 뒤에, 정말로 해야 할 이야기들을 감춰두는 시대는 막을 내려야 한다. 더 많은 곳에서 더 많은 사람이 성에 대해서 말할 수 있어야 한다. 교육부가 배포한 자료를 따라가기보다, 십대의 사랑을 다룬 영화 한 편을 다 같이 보고 토론 방식으로 수업을 하는 것이 훨씬 적절한 시간이 될 만큼 지금의 십대는 어리지도 어리석지도 않다.

한국사회가 겉으로는 지극히 보수적인 듯 보여도 질펀한 성문화와 높은 성폭력 발생률로 점철되는 뒤틀린 의식을 갖게 된 건, 성에 대해서 생각을 자유롭게 나눌 기회를 차단당했기 때문이 8할일 것이다. 몰래 숨어서 이야기할 필요가 전혀 없다. 성이란 삶의 핵심을 관통하는 문제이고, 어떻게 관계를 맺을 것인가의 문제이며, 내가 내 몸의 권리를 어떻게 유지할 것인가의 문제임을 더 많이 인식해야 한다고 생각한다.

우울하기 짝이 없는 교사용 성교육 자료가 우리에게 남긴 유일한 미덕이 있다면 아마도 그건 아직도 갈 길이 멀었다는 사실을 또렷이 각인시켜주었다는 것이겠다. 이를 통해 더 많은 사람들이 잔소리를 하고, 비판을 하고, '그게 아니다'라고 말할 수 있게 된다면 그것만으로도 작은 의미는 있을 것이다.

여배우 불륜 스캔들을
바라보는
시선에 대하여

"그렇다면 그들의 만남은 사랑일까요? 아니면 그 죄를 씻을 수 없는 불륜일까요?"

연예계 다양한 가십을 다루는 프로그램을 녹화하던 중, 사회자가 패널들에게 이렇게 물었다. 순간 몇 초 동안 정적이 흘렀고, 그들의 일거수일투족을 취재해왔다는 기자는 강경한 목소리로 이렇게 답했다.

"사랑이라뇨. 이건 당연히 추악한 불륜 스캔들일 뿐이죠."

나는 이어 대답했다.

"왜 모든 관계를 사랑이냐 불륜이냐로 양분해야 하죠? 한 사람이 결혼제도 안에 있었으니 불륜은 맞지만, 그렇다고 사랑이 아닌 것은 아니죠. 다만 사회적으로 받아들여질 수 없는 사랑이었을 뿐이죠."

그들의 관계를 하나로 정의하고 어떻게든 단죄해야만 하는 이 사회의 강박이 느껴졌다고 하면 과한 생각일까?

홍상수 감독과 배우 김민희씨의 스캔들이 불러온 충격은

꽤나 대단했다. 두 사람 모두 자신의 분야에서 최고의 위치에 올랐다는 평을 듣고 있었던데다, 함께 영화 작업을 했던 두 사람이 '알고 보니 그렇고 그런 사이'라는 소식은 '이보다 더 자극적일 수 없는' 뉴스였기 때문이다. 온갖 뉴스와 연예 프로그램, 포털 사이트에 이들의 소식이 도배되다시피 했고 그후 두 사람에 대한 후속 보도는 여전히 현재진행형인 상황이 됐다. 시청률이든 클릭수이든 자극적인 뉴스로 향하는 대중의 뜨거운 관심을 제대로 활용해보겠다는 언론 관계자들의 거대한 카르텔을 또 한번 체감하는 순간이기도 하고 말이다. 그리고 그들의 기대대로, 그들의 불륜설을 다룬 기사와 각종 프로그램들은 대중의 이목을 끄는 데에 확실한 성공을 거뒀다.

유명한 감독과 배우의 불륜 소식을 톱뉴스로 올려 자신이 속한 매체가 거둘 수 있는 최대한의 유무형적 이득을 취하려는 그 움직임을 반대하겠다는 이야기를 하려는 것이 아니다. 사실 반대를 한다고 해도 소용없을 것이다. 자극적인 뉴스 거리가 '대중의 알 권리'라는 표현하에 언론을 뒤덮는 현상이 어제오늘의 일도 아니니까. 하지만 시간을 들여 뉴스를 읽고 텔레비전을 보는 대중에 속한 자로서의 나는, 한 번쯤은 고민해봐야 하지 않을까? 이 뉴스를 둘러싼, 혹은 이 뉴스의 이면에 존재하는 많은 생각의 지점들을 말이다. 이토록 자극적이고 구체적으로 보도된 기사를 아무 생각 없이 소비하고, 혀를 쯧쯧 차며 당사자들을 욕하는 것이 자신에게 허락된 전부라고 생각하지 않는다면 말이다.

가장 주목할 부분은 이 뉴스를 최초 보도한 기사가 관련된 이들을 다루는 시선 자체이다. 스캔들을 보도하는 단독 기사가 여느 기사처럼 다양한 관점에서 크로스 체크를 할 수 없는 사정까지는 그렇다 칠 수 있다. 스캔들 당사자 두 사람이 해외에 체류하고 있어 그들의 입장을 들어볼 수 없는 상황이니 오직 홍감독의 아내가 전한 이야기를 통해 기사가 만들어질 수밖에 없었을 것이다.

하지만 그렇게 해서 결국 어떤 기사가 나왔는지는 따져봐야 한다. 불륜을 저질렀다고 생각되는 두 사람 중, 어느 쪽을 더 비난하는 기사인지를 말이다. 불륜을 저지른 당사자는 두 사람 모두인데, 기사는 교묘하고도 집요하게 그 무게중심을 김민희씨에게 돌린다. '그녀가 먼저 유혹을 했다'거나 '그는 원래는 집밖에 모르는 사람'이라는 일방적인 주장을 자세하고도 반복적으로 복기하면서. 원래는 멀쩡했던 남자를 나쁜 여자가 유혹해 불륜을 저지르게 만들었다는 이 익숙한 서사는, 창세기 속 선악과를 먹기 전 한 장면을 보는 듯한 장면이고, 중세시대 마녀를 화형하기 전에 일어났을 장면이며, 전설의 고향 〈구미호〉 편에서도 사용되었던 설정이다.

말하자면 모든 악의 축은 여자라는 것이다. 바로 '그 여자'만 없었으면 이런 일이 일어나지 않았을 거란 얘기다. 이 숱한 서사들은 동서고금을 막론하고 여성의 의지, 여성의 매력, 여성의 주체성을 비하하는 상징으로 작용해왔고, 사람들은 그러므로 이번에도 무척 자연스럽게 '역시 김민희가 나쁘네'라고 아무 생각 없이 받아들인다. 평생 한 사람과 살겠다는 계약을 깨고 싶다는 의지를 표현한 것은 홍상수 감독인데도, 사람들은 마치 다섯 살짜리 아이처럼 언제든 유혹당할 수 있고 옳고 그름을 제대로 판단하지 못했다는 듯 보이지 않는 면죄부를 선물하고 있는 형국이다. 결혼한 여자가 집을 나가도 "어떻게 가정 있는 여자가 그럴 수 있어?"란 이야기를 듣고, 결혼한 남자가 집을 나가도 상대 여자만이 "어떻게 가정 있는 남자를 꼬실 수 있어?"라는 이야기를 듣는 것이, 정상은 아니지 않은가?

잘 알지도 못하면서 일단 모든 문제의 근원을 여성으로 몰고가는 관점, 이것이 여성혐오가 아니라고 누가 감히 말할 수 있나? 그저 낄낄대며 혹은 분노하며 소비해버리는 연예 뉴스에서도, 여성은 손쉽게 매도당하고 타자화된다.

정말 생각해봐야 하는 건 홍상수 감독이 언제 돌아올 것인지, 김민희씨가 정말 "남편 관리 잘하지 그랬어요"라는 말을 했는지의 사실 여부가 아니다. 그건 그저 그 당사자들의 문제일 뿐이다. 그가 제작한 영화를 봤다는 이유로, 그녀가 출연한 최신 영화를 봤다는 이유만으로, 즉 그들이 유명인이라는 이유만으로 그들을 비난할 권리 같은 건 우리에게 없다. 그냥 그들은 그들의 삶을 살 뿐이고, 유명인이다보니 그것이 설왕설래의 대상이 되었을 뿐.

다만 앞서 지적했듯 이토록 자극적인 뉴스를 통해 어떤 생각이 강요되고 있는지를 들여다볼 수 있는 눈이 필요하다. 쉴 새없이 쏟아지는 자극적인 뉴스 속에 함몰되지 않으려면 나름의 주관이 필요하고, 그러기 위해서는 뉴스를 비판적으로 바라볼 수 있어야 한다. '알 권리'는 분명히 중요하다. 하지만 '무엇을 알 권리'를 원하는지 스스로에게 되물어볼 필요가 있다. 자신의 삶을 좌우할 수 있는 중요한 공공정책이나 법안, 제도와 관련된 알 권리에 대해서는 관심도 없으면서 유명인의 가십에 대해 알 권리를 주장하는 것이 얼마나 한심한 일인지도 한 번쯤은 생각해봐야 한다.

또한 결혼은 인생의 당연한 결말이나 필수 코스가 될 수 없으며, 다만 그 제도 안에서 진심으로 행복할 자신이 있고 그 제도를 평생 감당할 자신이 있는 사람들의 선택지일 뿐이라는 것을 사회 전체가 공유할 만한 사건이었다고 생각한다. 희대의 스캔들이 가지는 사회적 함의가 있다면, 바로 이것이 아니었을까.

담배 피우는
여자에 대하여

대학교에 입학하고 나서 몇 주 지나지 않은, 따사로운 봄 햇
살이 캠퍼스에 내리쬐던 어느 날, 내 눈에 들어온 대자보 한
장을 여전히 또렷이 기억한다. 중앙도서관 앞에서 여자친구가
혼자 담배를 피우고 있었는데(자신이 함께 있었다가 책을 놓으
러 잠시 도서관 열람실에 들어간 상황이었다고 했다) 가까이 다가
온 남자가 별안간 뺨을 때리고 침을 탁 뱉고 갔다는 이야기가
쓰여 있었다. 어떻게 학교 안에서 이런 일이 벌어질 수 있느냐
며, 분노에 찬 고발문이었다.

　대낮의 학교 안에서 벌어진 폭력에 대해 나 역시 적잖이 충
격을 받았지만, 솔직히 마음 한 켠에서는 이런 생각을 했다.
'그렇게 왜 여자가 담배를 펴갖고서는……. 애초에 안 피웠
으면 이런 일도 없었을 거잖아?' 만약 남자가 뺨을 맞았다는
이야기를 보았다면 나는 '그렇게 왜 남자가 담배를 펴갖고서
는……'이라고 생각하진 않았을 것이다. '여자가 어디서 감히'
'여자가 굳이 왜'라는 여성혐오의 정서가 내게도 존재했던, 씁
쓸한 기억이다.

그때로부터 20년 가까이 지났지만 비슷한 사건이 지금 일어난다고 해도 어색하지 않을 것이다. 담배 피우는 여자에 대한 편견은 여전히 굳건하고 여전히 노골적으로 경멸 어린 시선을 보내는 사회이기 때문이다. 길거리에서 흡연하는 남자는 그 누구의 시선도 끌지 않지만, 여성의 흡연은 은밀한 장소나 흡연구역에서조차 불편한 시선을 각오해야 하는 행위가 된다. 성적으로 개방적인 여자일 거란 편견도 여전하다. 흡연하는 남성은 도덕적 판단의 대상이 되지 않지만 흡연하는 여성은 뺨을 맞을 수도 있는 이 비대칭성은 어디서 기인했을까?

최근 복지부에서 발표한 새로운 '과음경고문구'를 보면 그 힌트를 얻을 수 있다. 기존에는 세 개의 문구 중 하나에만 임신중의 음주가 거론되었지만 이제는 주류회사에서 어떤 문구를 택하든 '임신중 음주'에 대한 주의사항을 표기하게 되었다. '임신중 음주는 기형아 출생 위험을 높인다'는 문구가 필수적으로 표기된 셈이다. 임신중의 음주가 나쁘다는 사실을 모르는 사람이 많아서 이런 문구가 필요했을까? 이렇게 하면 기형아 발생률이 현격히 떨어진다는 믿음이라도 있었을까? 남자는 씨앗이고 여자는 밭이라며 모체의 중요성을 희석하는 말이 여전히 공공연하게 회자되는 나라에서, 이렇게까지 임산부의 음주를 기형아 출산의 가장 큰 요인처럼 강조하는 모습은 참 희한하다. 여성의 몸은 대를 이어주어야 하는 '밭'이지만, 나쁜 일이 일어난다면 그건 자기 몸 관리를 잘하지 못해서라는 논리이다. 건강하지 못한 정자에 대한 과학적 진실

따위는 전혀 중요하지 않게 되고, 오직 여자의 책임만이 부각된다. 아이에게 작은 문제라도 생겼을 때 죄책감을 온몸으로 감당하는 쪽은 언제나 여자인 내 친구들이었다.

결국 여성의 몸은 여성 스스로의 것이 아니라 '언젠가 아이를 낳아야 하는 몸'으로 인식하는 태도가 이 모든 불합리의 핵심이다. 지하철을 탄 여자아이가 자리를 양보받다가 갑자기 임산부로 변하는 최근의 공익광고는 우리 사회에서 여성의 몸이 어떤 식으로 인식되고 있는지를 가장 여과 없이 보여주는 상징적 장치이다.

그뿐인가? 지하철의 임산부 배려석에서조차, 여성의 존재는 지워진다. '내일의 주인공을 위한 자리입니다'라는 문구 속에는 정작 힘들게 이 지하철에 올라타 삶을 이어가는 여성은 이미 지워진 채 없다. 자기 자신의 몸으로서가 아니라 아이를 낳을 것으로 기대되는 몸이라서 양보를 받을 자격이 있다는 것이다. 임신한 몸이라서, 임산부가 신체적으로 약자라서 보호받아야 한다는 메시지는 증발된다.

가끔 궁금하다. 그 대자보에 나온 그녀는 이후로 어떤 식으로 담배를 피우며 살고 있을까에 대해서. 여전히 사방이 뚫린 곳에서 아무렇지 않은 표정으로 담배를 피우고 있을까, 아니면 그때의 트라우마 때문에 아주 구석진 공간에서나 담배를 피우고 있을까. 어쩌면 임신을 했고 담배와는 작별한 삶을 살고 있을지도.

담배를 피우든 그렇지 않든, 그녀가 자기 몸에 대한 권리를 잃지 않은 채 살아가고 있기를 바란다. 스무 살 언저리에 여성으로서 강력하게 맞닥뜨린 누군가의 편견으로 인해, 그녀에게도 편견이 생겨나지 않았기를 바란다. 어떤 식으로든 그녀를 마주치게 된다면, 그땐 밝은 낮 볕 좋은 벤치에서 그녀가 만족스러운 표정으로 담배 피우는 모습을 오랫동안 바라보고 싶다.

연하의 남자와
연애하는 일에
대하여

주목해야 할 통계자료가 하나 있다. 통계청 자료에 의하면, 남자가 연상인 부부는 67.6%로 2011년 이후 계속적으로 감소 추세에 있지만, 여자가 연상인 부부는 16.3%로 지속적으로 증가 추세에 있다고 한다. 연상녀-연하남 부부는 20년 전에 비하면 두 배로 상승한 수치라서 더욱 주목할 만하다. 전통적인 결혼관에 변화가 일어나고 있는 것이다. 아직은 남자가 연상인 경우가 압도적으로 많기에 피부로 느껴지지 않을지 몰라도, 앞으로의 추세 변화 역시 주목할 만한 부분임은 틀림없다.

하지만 이런 통계 따위는 애초에 내가 연하와의 연애를 선택하는 데 있어 중요한 요소가 아니었다. 남들이 어떤 연애를 하든, 나는 그저 내게 적절한 연애를 택하면 그만인 것이니까. 그리고 연하와의 연애가 늘 로맨틱함과 보송보송함으로 가득한 환상도 아니다. 사귀다보면 어차피 매번 비슷한 이유로 때문에 싸우고, 비슷한 일 때문에 지치는 것이 연애이니까.

다만 나는 여성이 한 살 한 살 나이를 먹으며 자신의 커리어를 성장시켜가는 과정에서, 관계를 바라보는 눈이 어떻게 변화할 수 있는지에 주목하고 싶었고, 연하의 남자이기 때문에 내가 관계에서 누리게 되는 분명한 장점이 무엇인지는 정리해둘 필요가 있다고 생각했다. 열심히 일을 하다보니 남들이 말하는 결혼적령기를 지난 여성들을 '노처녀'라 딱지 붙이고 '상폐녀(상장폐지녀의 준말. 여성이 매력이 없어져 시장가치가 떨어졌다고 비하하는 말)'라고 비하하기 좋아하는 사람들 앞에서 조금도 주눅들 필요가 없다는 걸 말하고 싶었다.

나는 왜 서른다섯 살부턴 계속 연하남과의 연애를 하게 되었을까? 가감 없이 솔직하게 이야기하고 싶다. 가장 큰 이유는 나보다 어린 남자가 갖고 있는 그 에너지가 좋아서였다. 내가 삼십대 초반이었을 때 마흔에 접어드는 남자도 오래 만나보았지만, 삼십대 초반의 남자와 사십대 초반의 남자는 갖고 있는 활력 자체가 다르다는 사실을 절감했다. 섹스 라이프의 문제도 물론 중요하긴 하지만, 이건 단지 섹스 라이프의 문제만도 아니다. 자신을 돌보는 것에 능숙하지 않은, 오직 일만 하다가 사십대를 맞은 남자의 평상시 체력과 새로운 것을 향한 호기심 지수란 삼십대 초반 남성의 그것과는 비교할 수 없는 수준이었다. 직장에서 이미 어느 정도 위치에 오른 사람일수록 자신을 둘러싼 상황을 보수적으로 인식하고, 새로운 일을 시도하는 데 시간을 투자하기 두려워하는 성향이 있고, 이것은 내가 남자에게 기대하는 에너지와는 맞지 않는다는 것을 느꼈다.

그리고 두번째, 내가 더 많은 커리어를 쌓아온 상태에서 만난 어린 남자는 보다 동반자적이고 평등한 관계를 만들어가는 데에 유리한 면이 존재하기 때문이다. 연상의 남자들은 틈만 나면 자신이 가진 것, 자신이 아는 것들을 설명하기에 바빠 보였지만 연하의 남자들은 그러지 않았다. 일명 '맨스플레인'의 빈도가 아주 달랐다. 그들은 내가 성취하고 경험하고 배운 것들에 귀를 기울일 줄 알았고 존중할 줄 알았다. 자신보다 많은 것을 성취한 사회 선배를 바라보는 눈으로 나를 바라봐주었기 때문이겠으나, 내 성취를 깎아내려서 보고 싶은 남자들이 얼마나 많은지를 생각하면 그 선망의 시선이 어디서 기인했는지를 문제삼을 이유도 없었다.

그리고 마지막으로, 내가 연하의 남자와 동반자적인 관계를 만들어갈 수 있었던 가장 큰 이유는 나는 내 인생을 내가 책임지는 것에 큰 매력을 느끼는 사람이었기 때문이다. 여자로서 서른 살을 넘기는 것이 마냥 걱정스럽고 내 인생을 내가 책임질 수 없다고 생각했을 때 만났던 남자들은, 하나같이 나를 불안하게 만들었고 결국 최악의 관계로 남았다. 하지만 삼십대를 지나오면서 내가 내 인생을 온전히 책임질 수 있겠다는 확신이 나의 직업적 성취와 함께 조금씩 쌓이고 내 머릿속에는 이와 같은 문장이 또렷이 새겨지면서 내 인생의 방향은 완벽히 달라졌다. '나는, 나를 책임져줄 남자가 필요하지 않

아. 다만 같이 걸어갈 남자가 있다면 그것도 좋겠다.' 간절한 마음으로 기댈 수 있는 남자를 찾기보다, 함께 걸어갈 남자가 있으면 좋고 없어도 어쩔 수 없다는 마음으로 느긋하게 바라보는 경험은 완벽히 달랐다. 함께 걸어갈 수 있는 남자를 고르는 쪽이 나의 행복과 존엄을 지켜주었고, 나는 그것을 지키는 일에 여전히 큰 기쁨을 느끼고 있다.

서른이 넘는 순간, 여성의 가치가 절하된다고 부단히 설득하는 세상에 우리는 살고 있다. 초혼 연령이 아무리 높아져도, 여성의 가치를 나이로 폄하하고 빨리 가부장제에 편입하지 않으면 안 된다고 기죽이려는 목소리는 쉽게 줄어들지 않을 것 같다. 오래된 관습이란 그런 것이니까. 하지만 자신의 이름을 걸고 일을 한 경험이 쌓이는 것과 동시에 우리의 내면과 관점도 조금씩 변화한다. 사회 초년생 때 생각한 결혼과 연애의 이상향과, 중간 관리자가 되어서 생각하는 이상향은 달라진다. 내가 정말 살고 싶은 삶의 형태에 대한 입장을 완벽히 정리하는 일에는 시간이 걸리고, 그 과정에서 오직 여성만이 자신이 거쳐온 시간의 가치를 부정당한다면, 우리는 그 모든 흐름을 진지하게 생각해볼 필요가 있다. 그리고 이토록 매력적인 연하의 존재를 기억해둘 필요도 있다.

다시 한번 말하지만, 나는 연하가 좋다. 연상을 만날 이유가 없다. 이런 내가, 나의 연애가 마음에 든다.

돈과 연애
그리고
결혼에 대하여

언젠가 이런 설문조사를 본 적이 있다. 데이트할 때 쓰는 비용이 아까웠던 적 있느냐고 묻는 질문에 10명 중 8명 이상이 '그렇다'고 답한 설문조사. 아무리 사랑하는 사람이고 혹은 결혼까지 생각하는 사이라고 해도 이래저래 잔고가 비어가는 통장을 보다보면 안 아까울 수 없는 일이다. 전국 성인남녀 1천 명을 대상으로 조사한 또다른 설문은 더욱 놀라운 결과를 담고 있다. 10명 중 7명 이상은 '데이트 비용 문제 때문에 헤어질 수도 있다고 생각한다'고 답한 것이다. 장기불황과 고용불안의 시대, 자신의 삶이 앞으로 어떻게 흘러갈지 모르는 이삼십대 남녀에게 데이트 비용이란 기꺼이 낼지라도 어떻든 아끼고 싶은 돈이며, 좋았던 감정도 완전히 사그라들게 만들 정도의 중요한 문제인 셈이다.

그래서일까. 그 어느 때보다도 더치페이나 데이트 통장, 결혼 비용 등 연애와 결혼과 관련되어 발생하는 지출에 대한 사람들의 생각도 변하고 있고, 그에 대한 입장 차이도 선명해지고 있다. 자본주의 사회의 연애와 결혼이 돈의 문제로부터 결코 자유로울 수 없기 때문이다.

가장 뚜렷한 변화는 남자들의 생각이다. 부모 세대가 그랬던 것처럼 '데이트 비용은 남자가 내는 것'이라 생각하는 남자들을 찾기란 더이상 쉬운 일이 아니다. 한 결혼정보회사에서 조사한 바에 따르면 '연인과 데이트를 할 때 연애 주도권을 잡고 싶지 않은 이유가 무엇인가?'를 묻는 질문에 남성의 3명 중 1명은 '비용 부담'을 이유로 들었다고 한다. 주도권을 좀 내어주더라도, 비용이 좀 적게 드는 편이 낫겠다는 것이다. 돈을 더 많이 내는 쪽이 더 많은 권력을 지니는 법이라는 사실을 남자들은 알고 있지만, 이제는 그 권력을 내려놓겠다는 것이다. 실제로 이십대 남녀를 대상으로 한 설문조사 결과를 보면 남녀의 이상적인 비용 지출이 6대4에서 5대5라는 답변이 압도적이며, 아예 데이트 통장을 만들어 공동의 데이트 자금을 관리하는 커플도 심심찮게 볼 수 있다.

뿐만 아니다. 연애보다 훨씬 큰 자금이 들어가는 결혼에 대해서도 남성들의 생각은 크게 바뀌고 있다. 부모님 세대까지만 해도 '남자는 집, 여자는 혼수'라는 생각이 평균적인 생각이었지만 불과 몇 년 사이에 이에 대한 생각이 크게 바뀌었다. 한국보건사회연구원의 2015년 출산력 조사 결과에 따르면, 미혼 남성의 79%는 '남자는 집, 여자는 혼수'라는 생각에 동의하지 않았다. 특히 연령이 낮을수록 반대 의견이 다수를 차지했는데, 이것은 치솟는 집값에 비해 더욱 불안해진 고용시장 상황이 맞물려 '남자가 혼자 부담하는 것은 부당하다'는 쪽으로 생각이 기운 것으로 보인다. 남자나 여자나 힘들기는 마찬가지니, 집을 함께 마련해야 한다는 쪽으로 변하고 있는 것이다. 실제로 요즘 주변에 결혼하는 커플 중 함께 주거 비용을 마련하는 경우를 자주 보게 된다. 함께 벌어 함께 대출금을 갚아나가는 것이다. 주요 경제지표의 흐름과 각종 경제보고서는 한국사회가 앞으로도 지속적인 장기 침체의 늪에 빠질 것을 예고하고 있고, 그러므로 이런 남성들의 생각 변화는 앞으로도 더 빠른 물살을 탈 것으로 보인다.

그러나 이러한 남성들의 바람은 실제로 얼마나 현실화될수 있을까? 공평하게 반반 내서 연애 비용을 대고, 공평하게 반반 내서 가정을 꾸리는 쪽으로 바뀔 수 있을까? 영국의 이코노미스트지가 세계 여성의 날을 앞두고 OECD 내 29개국을 대상으로 조사한 '유리천장 지수'에 대한 결과는 이 공평한 지출에 대한 남성들의 생각 변화가 그렇게 쉽게 현실화될수 없음을 보여준다. 성별 고등교육 격차, 임금 격차, 고위직중 여성 비율, 육아 비용, 남녀 육아휴직 현황 등 10개 지표를 종합한 결과에서 한국은 최하위를 기록했다. 조사 대상국중 성별 임금 격차 역시 36.6%로 최하위를 기록했다. 같은 일을 했어도 여자는 남자가 받는 돈의 36.6%나 덜 받는다는 얘기다. 쉽게 말해 같은 일을 한 여자는 60만 원 후반대를 받을때, 남자의 통장엔 100만 원이 찍힌다는 것이다. 어떤 사람들은 "요즘 여자들 살기 좋은 세상이잖아"라고 쉽게 말하지만,

동일 노동 동일 임금은 한국에서 여전히 먼 나라 이야기다.

같은 스펙이어도 단지 여자라는 이유로 취업 자체가 쉽지 않지만, 바늘구멍을 뚫고 입사해도 일인분의 몫을 제대로 받지 못하는 삶, 그것이 한국 여성에게 허락된 위치라는 사실에 누가 반론을 제기할 수 있을까? 공평하게 절반씩 부담해야 당연하다 말하기 위해선, 성별 임금 격차부터 상식적인 사회가 되어야 한다. 그리고 공평하게 받을 수 있는 사회에서, 여성들은 공평하게 내고 공평하게 권력을 나눠 갖는 일을 두 손들고 환영할 것이다. 또한 공평하게 받을 수 있는 사회에서, 여성들은 '돈이 더 많은 남자'보다는 '나와 더 대화가 통하는 남자'에 높은 점수를 줄 것이다. 성별 임금 격차가 줄어들수록, 남자든 여자든 자기가 원하는 모습의 행복을 더 수월하게 추구할 수 있게 될 것이다.

오직 남자만이 일인분의 몫을 제대로 해내도록 설정되어 있는 사회에서, 여성은 어떤 위치에 있어도 부정적으로 대상화된다. 차별이 만들어낸 그들의 유리한 고지가, 오히려 그들의 눈을 가려버리는 것이다. 여자는 가부장제이든 혹은 직장의 룰에든 어떤 식으로라도 남자들의 세계에 해를 끼치는 존재로 표현된다. 결혼을 안 하고 일만 하면 '독한 년', 결혼을 하고 그만두면 '저래서 여자는 안 돼'란 말을 듣는다. 아이를 낳고 복귀하면 역시 '독한 년', 아이를 낳고 일을 그만두면 '집에서 남편 월급 축내는 년'이 되어버리는 것이다. 이 와중에

혹시라도 남자보다 더 버는 아내는 '남편 기죽이는 여자'가 된다. 최고의 신붓감 직업으로 수년째 부동의 1, 2위를 차지하고 있는 '교사' '공무원'에는 '나보다 많이 벌진 않지만 꼬박꼬박 적당한 봉급을 받아오고 퇴근시간이 일정해 가사와 육아까지 도맡아 할 수 있는 여성'의 모습이 투영되지 않았다고 누가 말할 수 있을까?

데이트 비용이나 결혼 비용은 그저 연애를 하는 사람이나 결혼을 하는 사람들의 문제가 아니다. '당연히 남자가 내야지'라고 호탕하던 부모 세대의 언어가 이 세대에 와서 '남녀가 공평하게 내야죠'로 바뀌는 순간, 누구도 이 문제를 외면할 수 없게 된 것이다. 이는 인류의 절반을 어떻게 인식할 것인지의 문제이고, 우리 사회가 앞으로 어떤 방향으로 갈 것인지에 대한 문제이기도 하다. 누구나 일인분의 몫을 할 수 있는 사회가 되는 것 이외에, 나는 이 생각을 둘러싼 다른 대안을 알지 못한다.

떳떳하고 순수한
욕망에
대하여

얼마 전 모 프로그램을 녹화하던 도중에 재벌가 딸을 사칭한 여성에게 속아 결혼 발표까지 했던 한 남자 연예인의 일화를 다루게 되었다. 토크 내용이 오직 그 여성을 비판하는 쪽으로만 흐르길래 나는 말했다.

"그런데 이 남자 연예인도 결국 재벌가 딸이라는 이유로 너무 혹한 것 아닌가요? 혹했으니 사기당하기 쉬웠겠죠."

그러자 남자 패널들은 마치 기다렸다는 듯 곧바로 내게 응수했다.

"돈에 대한 욕망은 전 인류에 걸쳐 공통된 겁니다. 순수한 욕망이죠. 그걸 비난할 순 없어요."

틀린 말도 아니기에 더이상 대꾸하지 않았다. 그런데 집으로 돌아오는 길에 문득 그런 생각이 들었다. 남자들은 이렇게 떳떳하게 자신의 욕망이 '순수한 것'이라고 이야기하는데, 여자들은 왜 그렇게 말하지 못했을까? 좋은 선물을 해주길 바라면서도 김치녀 소리를 듣지 않을까 걱정하고, 자기 자신을 위해 돈을 쓰면서도 된장녀 소리를 듣지 않을까 걱정해야 했으니 말이다. 남자들은 대놓고 자신의 욕망을 드러내는 것을 두려워하지 않는데, 여자들은 이왕이면 더 좋은 남자를 만나고 싶은 욕망을 드러내는 것을 두려워하도록 사회화된다. 남자 키 180센티가 넘지 않으면 루저(물론 이 단어 선택이 좀 안 좋긴 했다)라는 말을 방송에서 했다가 갖은 지탄을 받았던 한 일반인 여성의 에피소드가 떠오른다. '여자는 회 같아서 신선해야 한다'는 말은 버젓이 방송을 타면서, 오로지 여자의 욕망만이 거센 비난에 직면한다.

좀더 당당해졌으면 좋겠다. 돈 많은 남자를 원하는 것도, 키가 큰 남자가 좋다는 것도, 더 당당하게 말해도 좋은 세상이어야 한다. "서른 넘으면 여자도 아니야" "48킬로가 넘으면 여자도 아니야"라는 말은 새겨들으면서, "나는 키 큰 남자가 좋아" "나는 나보다 더 버는 남자가 좋아"라고 말하는 것에 죄책감을 느낄 필요는 없다. 그들이 말하듯, 좀더 나은 조건의 사람을 원하는 것은 말 그대로 '순수한' 욕망이니까.

메갈리아냐는
물음에 대하여

언제부터인가 포털 사이트 검색창에 내 이름을 넣으면 집요하게 따라붙는 연관검색어가 있다. 바로 '메갈'이라는 단어다. 어떤 이에게는 무척이나 익숙할 단어이고, 또 어떤 사람에게는 한 번도 들어본 적 없을 단어가 나의 인터넷상 정체성을 규정하고 있다.

그렇게 된 사연은 작년 이맘때쯤으로 거슬러올라간다. 즐겨 보던 인터넷 매체인 『아이즈』의 트위터 계정으로 메갈리아라는 여성 커뮤니티가 만들어진 배경과 의미를 다룬 기사가 올라왔고, 그 기사를 여성의 한 사람으로서 공유하고 싶었던 나는 리트윗 버튼을 눌렀다. 이전에도 의미 있는 기사이거나 공유하고 싶은 내용이 담긴 링크를 종종 리트윗했던지라 별생각 없이 지내고 있었는데, 그후 흥미로운 반응들이 각종 게시판에 동시다발적으로 올라오기 시작했다. '곽정은 메갈 인증' '곽정은 메갈녀인가보네요' '충격! 곽정은 메갈!'과 같은 글 말이다. 출연하고 있던 프로그램의 게시판에도 누군가 어김없이 찾아와 곽정은은 메갈이니 하차해야 한다는 주장을 써 올렸다. 새로 출간한 책의 댓글란에도 역시나 메갈 운운하며 냄비받침으로나 쓸 책이라고 욕을 남기는 이들의 별점 테러가 이어졌다.

이미 이름을 걸고 다양한 글을 쓰고 바쁘게 강연을 하고 있는 내가, 특정 커뮤니티에 가입해 생각을 표출할 필요나 그럴 시간이 있을 거라고 생각하는 순진한 사람들이 누구인지 나는 그저 궁금하고 우스웠다. '그 단체를 다룬 기사를 리트윗했다'='그 단체와 깊은 관련이 있다'라는 등식이 어떻게 성립되나? 그럼 일본의 군국주의 배경과 발전 과정을 다룬 기사를 리트윗하는 사람은 친일파가 된다는 건가? 나를 질타하는 글이 남초 커뮤니티에 지속적으로 올라왔고, 나는 어느 순간 '메갈의 수장'이 되어 있었다. 실제로 내가 메갈과 같은 생각을 하든 하지 않든, 그 사이트에 접속해 활동을 하든 하지 않든, 나는 그 커뮤니티에 대한 기사를 공유했다는 사실만으로 꼴페미이자 페미나치이며 남혐을 선도하는 여자 일베로 규정된 것이었다. 무섭도록 단순한 계산이고 폭력이었다.

'메르스 갤러리'와 '이갈리아의 딸들'이라는, 우리 사회의 뿌리깊은 여혐 정서에 대한 문제 제기와 페미니즘적 논의라는 두 가지 줄기를 그 모태로 하고 있는 '메갈'의 초기 활동에서 가장 두드러졌던 것은 '미러링'이다. 여성이라는 이유로 부당하게 감당해야 했던 여성차별적, 여성혐오적 언사를 받은 대로 되갚아주겠다는 것. 김치녀, 된장녀, 김여사 등 여성을 비하하는 단어부터 보전깨(여성의 생식기에 전구를 넣고 깨서 버릇을 고치겠다는 위협), 삼일한(여자는 삼 일에 한 번은 폭행해야 한다는 표현)처럼 반인륜적 신조어까지 그곳에서는 미러링의 대상이 되었다. 여성 스스로를 움츠러들게 했고, 스스로 검열하게 했고, 또 위협적으로 느껴지던 남성들의 표현이 고스란히 뒤집어져 남성들에게로 향하는 단어가 된 순간 그곳에 모인 여성들은 통쾌함을 느꼈다.

그러나 단지 '통쾌함'의 문제만은 아니었다. 묵묵히 감당하던 폭력의 단어를 전복시켰을 때, 그들은 스스로 느낄 수밖에 없었기 때문이다. 지금까지 여성이기에 감당해야 했던 그 많은 부조리함들의 실체를. 그리고 그녀들이 그것을 느끼기 시작한 순간, 메갈은 '여자 일베'라는 별명을 세상으로부터 부여받았다. 왜? 그녀들이 쓴 단어나 게시판의 글들이 폭력적인 이미지를 갖고 있었다는 단 한 가지 이유로 말이다. 광주 민주화 운동의 희생자를 '홍어 택배'라 부르고 세월호 유족 앞에서 치킨을 먹으며 조롱하고 독재자를 옹호한 일베나, 남성들에게 '한남충' '김치남' '씹치남'이라는 단어를 돌려주었던 메갈리아나 같은 부류라는 논리이다.

복잡하게 생각하고 싶지 않은 사람들은, 싸움은 다 나쁜 일이라고 간편하게 생각하고 싶은 사람들은, 그리고 '그래도 여자들은 말을 곱게 해야지'라고 생각하는 사람들은, 일베나 메갈이나 같은 족속일 수밖에 없다고 생각할 것이다.

하지만 정말 그럴까? 명백하게 약자혐오를 한 일베와, 여혐 사회에 대한 혐오와 전복을 내세운 메갈을 동일선상에 놓으며 이 논의로부터 도망가는 이들야말로, 가장 비겁한 방관자들이 아닐까. 약자가 혐오당하는 세상이 되든, 여혐이 창궐하는 세상이 되든 자신의 문제가 아니라고 말하는 것이나 다름없으니까. '왜 그런 행동을 하는지' '왜 그렇게 화가 나서 목소리를 높이는지'는 전혀 중요하지 않은 사람들은 언제나 있어왔고 타인의 목소리를 손쉽게 폄하하지만, 나는 궁금하다. 그런 당신들이 목소리를 내야 할 때가 온다면, 누가 들어줄 거라고 생각하는지. 일베에 약자혐오, 여성혐오의 글이 넘쳐날 때는 그저 방관하다, 메갈이 '여자 일베'라는 단어를 선물받으니 그제야 "혐오는 다 똑같이 나빠, 메갈 그거 여자 일베라며?"라고 말하는 사람을 수도 없이 보았다.

나는 묻고 싶다. 혐오가 그렇게 나쁘다고 생각한다면, 왜 당신은 일베에 대해서는 한 번도 제대로 된 목소리를 내지 않았는지를. 메갈이 화제가 되기 시작한 시점 여러 매체에서 약속이라도 한듯 터져나오던 '혐오와 성대결' '남혐과 여혐 둘 다 나쁘다'는 식의 기사들을 기억한다. 숱한 모욕성 발언이 공공연하게 전시되었던 일베와 숱한 강간 모의와 실제 범죄행위가 전시되었던 소라넷의 반대편에 서 있었던, 그래서 가장 강력한 소라넷 폐쇄운동을 벌였던 메갈이 '너희들 다 나쁘다'라는 악의적 평가에 의해 매도되는 모습을 보면서 안타까웠던 사람은 나뿐은 아니었을 것이다.

그렇다고 해서, 메갈의 지향성과 활동이 모든 비판으로부터 자유로운가 하면 그것은 아니다. 받은 표현을 고스란히 되갚아주는 '미러링'은 그 날선 표현 자체만으로 스스로의 기반을 좁히는 결과를 낳았기 때문이다. 여성들 전체의 지지를 얻기에 미러링이라는 방법은 이미 한계를 갖고 있기도 했고, 또한 몇몇 글은 미러링 과정에서 '미러링인가, 실제 범죄인가'라는 의혹을 불러일으키며 메갈이 폭력집단으로 규정되는 근거가 되기도 하였다.

또한 미러링을 통해 뭔가를 깨달은 이들은 여성들 스스로였을 뿐, 애초에 대척점에 서 있던 이들이 아니었기 때문이다. 되갚아주는 일이 상대방에게 조금이라도 소용이 있으려면, 애초에 '그럴 만한 사람들'이어야 했던 것이다. 미러링은 절반의 성공과 절반의 실패를 거둔 전략으로 평가해야 하고, 이것이 유희처럼 지속되는 모습은 긍정적이지 못하다. 하지만 어떻게 많은 사람들이 수도 없이 들락날락하며 글을 쓰는 게시판에 그 어떤 오류나 과장이 없을 수 있을까. 반사회적인 커뮤니티라면 누가 비난하든 말든 어차피 대중의 지지를 얻지 못할 텐데, 왜 그렇게 서둘러 없애고 싶고 낙인찍고 싶을까? 여성의 권리에 대해 조금이라도 목소리를 내면, "너 메갈이지?"라고 물어보며 묻지도 따지지도 않고 여성의 목소리를 삭제하려는 움직임은 도처에서 목격되고 있다. 성우 김자연씨가 티셔츠 한 장을 트위터에 인증했다가 실제로 목소리를 삭제 당했고 (정말 상징적인 사건이고 결과가 아닌가) 그저 메갈에 대한 기사를 리트윗했다는 사실 하나만으로 메갈 하는 페미나치로 욕을 먹고 있는 나처럼.

하지만 진중권 교수가 〈나도 메갈리안이다〉라는 글을 기고하고, 서민 교수가 자신을 '페미나치'로 자칭하는 부제의 칼럼을 기고한다고 해도 남성인 그들의 밥줄이 끊길 일은 없다. "너 메갈이지?"라고 물어보는 사람들은 상대가 정말 그 사이트를 이용하는지, 글을 써본 적이 있는지, 혹은 그저 메갈이라는 사이트의 존재만 알고 있는지, 사실은 글 한 번 읽어본 적이 없는지에 대해서는 조금도 궁금하지 않다. 한국전쟁 당시, "너 빨갱이지?" 묻고 다닌 자들이 상대가 빨갱이인지 아닌지 궁금했던 것이 아니라 그저 찔러 죽이기 직전의 마지막 위협으로 그런 말을 했던 것처럼 "너 메갈이지?"라는 질문은 여자들에게 그저 가만히 찌그러져 있으라는 위협에 다름아니다.

여전히, 내 이름의 연관검색어는 '메갈'이다. 가입한 적도, 글을 쓴 적도, 미러링을 보며 동조한 적도 없고, 그들의 활동에 전부 동의하지도 않지만, 나는 남초 커뮤니티에서 이미 그렇게 규정되었다. 이미 메갈은 그런 단어가 되었다. 이 사회는 여성에게 특히 평등하지 않다고 말하는 사람을 손쉽게 낙인찍고 타자화하고 매도하기 위해 사용되는 단어. 그러니 여성으로서의 삶에 관심을 갖고, 여성들의 움직임에 관심을 갖고, 여성으로서 목소리를 내는 일을 두려워하지 않는 모든 사람들이 이런 의혹을 받는 세상이라면, 나는 굳이 메갈이라는 단어로부터 나를 분리하려고 애쓰고 싶지도 않다. "나는 메갈이 아니에요"라고 애써 이야기하는 것이 이미, 여성으로서 연대하려는 모든 움직임을 막으려는 사람들의 이야기에 답하는 셈이 되기 때문이다.

나는 무엇이라고 불려지든 상관이 없다. '메퇘지'라 부르든 '페미나치'라 부르든, 그것은 그저 그들의 저열한 언어일 뿐이기 때문이다. 나는 지금까지 그랬듯이 나의 언어로 글을 쓰고 말을 할 것이다. 각자가 옳다고 믿는 대로, 각자의 수준껏 살면 된다. 그렇지 않은가?

부당한 폭력에
맞선다는
것에 대하여

3년 전 방송활동을 시작하고 수많은 일들이 나의 예상 밖에서 일어났지만, 그중에서 가장 충격적인 사건을 꼽으라면 아마도 특정한 시기에 반사회적 온라인 커뮤니티의 게시판에서 수차례의 살해 위협을 받은 일일 것이다. 그것도 아주 하찮은 이유로. 옆자리에 앉은 한고은보다 너무 못생겼으니 내 얼굴을 어떤 도구로 어떻게 뭉개고 싶다는 이야기부터, 트위터에 올리는 글이 맘에 들지 않으니 칼로 어떤 부위를 어떻게 찌르고 싶다는 이야기까지. 고소를 위해 증거자료를 수집하던 변호사 사무실의 직원들이 정신적 고통을 호소해 작업이 늦어질 정도로 그들이 남긴 글은 잔인한 표현들로 가득했다. 얼굴과 이름이 알려진 사람으로서 어느 정도의 악플은 유명세에 당연히 내야 하는 세금 정도라는 생각도 했지만, 얼굴도 모르는 이들에게 살해 위협까지 받는데도 잠자코 침묵할 이유는 없었다.

나는 그런 세금을 낼 이유가 없다고 생각했다. 하여, 묵묵히 참지 않기로 했다. 나는 생각을 말하는 것이 직업인 사람이고, 그런 나를 스스로 보호하는 것이 내 삶에 대한 존중이었기 때문이다. 100명에 가까운 이들을 추려 고소했고, 그중 일부를 검거했다. 단순한 욕설은 고소 대상에 넣지도 않았다. 실질적인 위협을 포함해 심각한 표현들을 한 사람들만 추렸는데도 그 숫자가 나왔다. 그리고 결국 검거된 이들에게 받은 것은 구구절절한 반성문이었다. 나를 잘 알지도 못하지만 분위기에 휩쓸려 그런 글을 썼다는 군인, 여자를 사귀어보지 못해 여자에게 피해의식이 있어서 일어난 일이니 용서해달라는 회사원, 얼마 후 결혼을 앞두고 있는 평범한 공무원이니 부디 선처해달라는 편지까지. 사실인지 아닌지 알 수도 없지만 어떻게든 전과자가 되는 것만은 면해보려는 사연들을 받아들고서 내가 느낀 것은 작은 절망이었다. 겉으로는 그저 평범한 소시민이지만 컴퓨터를 켜고 누군가를 살해하는 방법을 글로 올리며 그것을 한낱 유희로 소비하는 광기 어린 이들의 존재. 나는 그저 내 생각을 말했을 뿐이지만, 나는 그들에게 그저 '어리거나 예쁘지도 않은 게 감히 텔레비전에 나와서 떠드는 몹쓸 여자'로 보였던 것뿐일까?

누군가는 그저 내가 방송에 알려진 사람이고, 미움을 살 만한 발언을 했기 때문에 일어날 수밖에 없는 일이라 말하고 싶을 것이다. "어차피 그러다 말 애들인데 굳이 잡음 일으키지 말고 그냥 잊지그래?"라며 그냥 넘어가는 게 낫겠다는 충고도 여기저기서 참 많이 들었다.

그러나 나는 내 삶이 소중한 사람이다. 누구나 그렇지 않은가? 단지 내가 알려진 사람이라는 이유로, 나를 향한 그 맹목적 광기를 그냥 참고 받아들일 이유가 있는가? 마음에 들지 않는 외모를 가졌거나 마음에 들지 않는 말을 하는 여성을 그저 못마땅하게 생각하는 것을 넘어서, 직접적인 위해를 가하겠다 표현하기를 놀이로 즐기고 경쟁하듯 더 자극적인 글을 써서 올리는 이들에게 '표현의 자유'가 허락될 이유가 있는가? 마음에 들지 않으면 안 보면 되고, 적절한 언어로 비판하면 된다. 그저 기분이 나쁘다는 이유로 타인의 삶을 위협하는 글과 말이 한낱 반사회적 커뮤니티의 흔한 글 정도로 그 의미가 희석되어서는 곤란하다.

이것은 그저 알려진 사람이어서 당한 언어적 폭력이었으나, 나는 이와 같은 폭력이 다른 얼굴을 하고서 많은 여성들에게 가해지는 현상을 본다. 데이트 폭력, 대학의 단톡방 성희롱 사건, 리벤지 포르노, 소라넷의 숱한 강간 모의는 마음에 들지 않는 여성을 어떤 식으로든 무너뜨리겠다는 의도에서 시작되었을 것이기 때문이다.

나는 되묻고 싶다. 원하는 대로 고분고분하게 말을 듣지 않는 여성을 무너뜨리고 싶어하는 것이 한낱 문제아들의 유희로 이해받는 것이 정상인가? 그런 태도를 용인해주는 사회를 우리는 문명사회라고 부를 수 있는가?

좋은 게 좋은 거라며 살해 위협도 참고 지나가라는 사람들의 조언을 거부하고 최선을 다해 법에 호소한 내가 자랑스럽다. 부당한 폭력을 두고 '원래 그런 사람들'이라며 없던 일로 하라는 말을 듣지 않은 내 결정에 떳떳하다. 더 많은 여성이, 자신의 목소리를 낼 수 있기를 응원하기 때문이다. 더 많은 사람이, 부당한 폭력에 입다물지 않는 사회가 되길 바라기 때문이다. 나는 다만 두려움 없이 생각을 말하는 사람으로 남겠다. 지금까지 늘 그래왔듯이.

내가
후회하는 것들에
대하여

평생 먹었던 욕보다도 훨씬 많은 욕을 먹었던 것 같다. SBS 〈매직아이〉에 출연해 장기하씨에게 '무대 위에서 폭발적인 에너지를 분출하는 것을 보면 침대 위가 궁금한 남자'라는 평을 했던 것이 문제의 발단이었다. 많은 남자들이 '남자가 방송에서 그랬다면 이미 고소감'이라며 왜 여자의 성희롱적 발언은 용인되느냐고 말했고, 장기하씨의 팬들은 내게 메일과 SNS를 통해 네가 뭔데 감히 우리 오빠에게 그런 발언을 하느냐고 항의했다. 그리고 그 발언을 한 지 2년이 되어가는 지금까지도 나는 여전히 그들에게 성희롱을 하고도 사과하지 않는 사람으로 기억되고 있다.

연애와 섹스 콘텐츠를 오랫동안 다뤄오면서, 나는 섹슈얼한 관점에서 인물과 현상을 분석하는 관점을 오랫동안 견지해왔다. 우리 사회에서 터부시하는 주제이나, 우리 사회의 많은 부분을 분석하기 위해서 빼놓을 수 없는 주제를 가볍게도 또 무겁게도 다뤄오면서 다양한 기사를 썼다. "당신은 사랑을 할 때 어떤 남자인가요?"라는 가벼운 질문을 던지는 것에서부터 직장 내 성희롱 실태를 고발하는 묵직한 주제를 다룬 것까지가 모두 내가 기자로서 해온 일들이다. 섹시함이라는 가치가 우리의 삶을 어떻게 풍요롭게 만드는지, 섹스와 권력이 어떻게 서로 결합하는지 나는 늘 궁금해했다.

다만 나는 방송에 나온 사람으로서 큰 착각을 했다. 내 직업이 섹스칼럼을 쓰는 일이기 때문에, 그러한 관점에서 어떤 한 사람에 대해 논평하는 일이 직업적 견해로 받아들여질 것이라는 착각. 그리고 거기에 욕심을 부렸다. '사랑을 할 때'라는 은근한 표현보다는 '침대 위에서'라는 다소 자극적인 표현을 쓰겠다는 욕심. 결과적으로 내가 10년간 써온 글과 그 말을 했던 맥락은 모두 삭제되고, '방송에서 성희롱을 했다'는 평가만 그 자리를 차지해버렸지만.

야한 말과, 상대를 성적 대상화하는 것과, 성희롱 사이에는 아주 얇은 간극이 존재한다. 같은 발언이 어떤 맥락에서는 그저 야한 말이지만, 어떤 상황이나 어떤 사이에서 했느냐에 따라 성희롱이 될 수 있다. 내가 한 말이 장기하씨를 어떤 식으로든 성적 대상화하는 발언이었다는 데에는 동의하지만, 성희롱을 했다는 비난에는 동의할 수 없는 것이 바로 이 지점이다. 성희롱이란 기본적으로 상대를 성적 대상화하는 일을 포함하지만, 그렇다고 모든 성적 대상화가 곧 성희롱은 아니기 때문이다.

그러나 나는 이것이 이토록 민감한 영역에 있는 말이라는 것을 인지하지 못하고 용감하게 공중파 프로그램에서 내뱉어 버린 것을 후회한다. 발언의 대상자가 불쾌함을 표시하지 않았어도 시청자가 불쾌해하면 그것이 곧바로 성희롱이라는 논리까지는 미처 생각하지 못했던 것을 후회한다. 그리고 이런 논란 속에서 야한 말과, 성적 대상화와, 성희롱을 구분할 토론의 장이 마련되기를 기대했던 것을 후회한다.

무엇보다도, 이제껏 숱한 성희롱 사건의 가해자는 압도적인 비율로 남성이었음에도 불구하고 '왜 여자는 성희롱해도 되나?'라는 항변이 수년간 성희롱적 게시물을 신나게 올리던 일부 남초 커뮤니티에서 나오게 만든 장본인이 된 것을, 그들에게 피해자적 서사의 기회를 주게 된 것을 후회한다. 여러모로, 하지 않았어야 할 말이었다. 후회하지 않을 도리가 없다.

혼자 떠나는
여행의
즐거움에 대하여

나는 혼자서 해외로 여행을 자주 다니는 편이다. 하지만 처음부터 혼자만의 여행을 좋아하고 원했던 건 아니었다. 남들 여름휴가 떠나는 7월 8월엔 일 년 중 가장 바빠지는 직업을 택했던지라 휴가를 갈 겨를이 없었고, 휴가 시즌이라고 하기엔 애매한 11월 하순경이 내가 택할 수 있는 일정이었기 때문이다. 여행을 가긴 가야겠고, 하지만 그 일정에 맞춰서 함께 떠날 수 있는 친구는 없고, 그러다보니 매년 혼자서 여행을 가는 것이 자연스러워졌다. 그때는 함께 떠날 친구가 없다는 것이 못내 아쉬웠지만, 이제 와 생각해보면 혼자서 여행을 갈 수밖에 없었던 것이 오히려 다행이었다는 생각도 한다. 그렇게 혼자 떠나는 여행은, 나의 많은 부분을 긍정적으로 성장하게 했다.

혼자 떠난 첫 여행은 스물네 살의 도쿄행이었다. 유럽 배낭여행이 유행하던 대학생 시절, 멀리 떠나는 것이 무섭고 두려워서 아예 떠날 생각을 하지 못했던 나는, 대학을 졸업하고 직장인이 되어서야 처음으로 비행기를 탔다. 공항에 내려 시내로 들어가는 순간부터 실수를 연발하며 한참 헤맸지만, 당시 학원에 다니며 배웠던 서툰 일어를 써가며 여기저기 다니는 것이 마냥 즐거웠던 그 여행. 그 소박하고 별것 없었던 여행은 그러나 나에게 '나도 혼자 제법 씩씩하게 다닐 수 있구나'라는 자신감을 키워주었다. 자신감이 한번 붙으니 두려울 것이 없었다. 태국의 여러 도시와 섬, 싱가포르, 말레이시아의 섬, 발리의 곳곳을 혼자서 누비고 다녔다. 가끔은 무거운 짐의 무게만큼이나 혼자라는 자각이 절절하게 무거운 느낌으로 다가오기도 했지만, 그렇게 가끔의 외로움을 견딜 수 있다면 혼자라는 것은 크게 문제가 되지 않았다. 누구도 신경쓸 필요 없이, 오직 내 마음의 목소리만 들어도 되니까. 1%의 외로움을 견딜 수 있다면, 99%짜리의 홀가분함은 온전히 내 몫이 되었다.

그러나 혼자 다니는 여행의 가장 큰 미덕이 그저 홀가분함의 정서는 아니다. 그보다 더 나를 매혹시켰던 건 나의 독립성을 새삼 재확인하는 시간이 되었다는 사실이다. 한국에선 혼자 밥 먹는 것조차 어쩐지 눈치가 보여도 혼자 여행중엔 씩씩하게 밥을 먹을 수 있었고, 한국에선 영화관에 혼자 가는 것마저도 작은 결단이 필요한 일이었지만 여행중엔 혼자서 지하철 타고 버스 타고 낯선 사람들에게 길까지 물어가며 기어코 먼 곳에 있는 나이트 사파리를 관람하고 돌아왔기 때문이다. 유창하게 말이 통하진 않아도, 곁에 딱히 나를 도와주는 사람이 없어도, 여행지에선 누구든 친구가 될 수 있었고 나는 누구의 무엇도 아닌 '나'로 사는 경험을 했다.

그런 경험이 반복되자 나는 원하는 것이면 무엇이든 실행에 옮길 수 있는 존재라는, 간단하지만 한동안 잊고 있던 명제가 머릿속에 선명히 되살아났다. 그리고 한국이라면 아마 하지 않았을 선택을 하고 혼자서 매일 밤 숙소로 돌아오면서, 나는 새삼 깨달았다. 혹시라도 외로워 보일까봐 얼마나 많은 일들을 주저했었나? 나를 알지도 못하는 사람들의 시선을 나는 얼마나 두려워하며 살고 있었나? 낯선 교통환경 속에서 낯선 사람들의 도움을 받아가며 낯선 관광지에 도착하는 그 작은 경험들이 쌓이며, 머릿속으로만 생각하던 '독립성'이라는 것이 비로소 내 안에서 현실화되었다. 나는 어디든 갈 수 있고, 나는 무엇이든 할 수 있는 존재라는 확실한 자각 말이다. (물론 자신의 일을 통해서도 우리는 자신의 독립성을 발견할 수 있지만, 직장생활은 자신의 독립성을 발견할 기회와 함께 스스로를 초라하게 느낄 기회도 함께 선물하기에 자아가 구겨졌다 펴졌다 반복되기 쉽다. 하지만 여행은 일과 달리, 초라한 자신을 발견하거나 상처받을 일이 훨씬 드물게 일어나는 것 같다.)

또한 자신의 독립성을 발견하는 것만큼이나 주요한 여행의 미덕은 일시적으로나마 한국사회를 탈출하는 경험 그 자체이다. 한국에 사는 한국 여성이었기 때문에 자신도 모르게 내재화되어 있던 다양한 관습과 행동규칙을 스스로 재조명하는 경험 말이다.

싱가포르에서 자정이 넘은 시간에 혼자 밤거리를 걸어보았을 때 내가 느꼈던 건 단지 해방감 정도에 그치지 않았다. 늦은 밤 여자가 혼자 다녀서는 안 된다는 말을 숱하게 들었고 그래서 여자는 당연히 그래야 한다고 생각했던 그 경험들이 지극히 비정상적이고 여성차별적인 상황에서 비롯되었음을 알게 되었기 때문이다. 남자든 여자든, 자정이 넘은 시각 불안이나 위협을 느끼지 않고 귀가할 수 있어야 정상 아닌가? 나 말고도 숱한 여성들이 혼자서 자유롭게 대로변을 걸어다니는 모습에서 내가 느낀 건 다만 하룻밤짜리의 안도감이 아니라, 인간이면 누구나 누려야 하는 자유를 오랫동안 아무렇지 않게 박탈당한 채 그것을 '문화'로 생각하고 있었다는 자각이었다.

여행을 가서 입는 옷도 그런 의미에서 나에게 많은 생각을 하게 만들었다. 하체가 꽉 끼는 레깅스, 어깨와 등을 고스란히 드러낸 맥시 드레스, 등이 뻥 뚫린 원피스, 슬립 드레스 같은 옷들은 한국에선 감히 밖에 입고 나갈 수 없지만 내가 혼자 떠났던 그 어떤 나라에서도 대놓고 빤히 위아래로 쳐다보는 일을 당하지 않아도 되었다. 그 나라들이 죄다 노출을 선호하는 나라여서 그럴 것이라는 오해는 하지 말길. 여성이 어떤 옷이든 입을 자유가 있고, 최소한 빤히 쳐다보아서는 안 된다는 사회적 규범이 존재하기 때문일 테니까. 비록 길어야 2주짜리였지만, 짧고도 굵은 한국사회 탈출의 경험은 다시 한국으로 돌아왔을 때 내가 보는 시선을 변화시켰다. 당연하게 받아들이던 것을 당연하게 받아들이지 않고 '왜 이곳은 이렇지?' '왜 내가 사는 곳은 이렇지?'라고 생각하게 만들었기 때문이다. 작은 탈출의 반복은 그런 식으로 나를 변화시켰고, 이는 곁에 동반자가 없이 홀로 떠난 여행이었기에 가능했다.

여자 혼자 떠나보면 알게 된다. 내가 본래 태어나 자란 곳이 어떤 규칙을 여성에게 적용시키고 '당연한 문화'로 이해시켜왔는지를. 내가 앞으로의 인생에서 중요하게 생각하는 가치가 어떤 것인지를. 이토록 다양한 삶의 방식이 존재하는데, 한국 여성으로 태어났기 때문에 나에게 주어졌던 선택란 아주 뻔한데다 몇 개 존재하지도 않았다는 사실을. 대학을 졸업할 때까진 외국에 나가본 적도 없던 나지만 오직 혼자 떠났기 때문에 경험할 수 있었던 그 시간들이 나에게 남긴 교훈들이다.

한국 여자로 태어나 한국 여자로 길러졌고 영원히 벗어날 수 없는 그 이름이 바로 '한국 여자'일지 모르지만, 혼자 떠나보면 비로소 알게 된다. 나는 그저 '한국 여자'가 아니라 '세계인으로서의 나'이며, '인간으로서의 나'이고, 씩씩하고 독립적으로 살아가는 많은 여성 중의 한 명이라는 것을 말이다.

이 책이 나올 때쯤 나는 아마도 혼자서 우붓의 요가센터에서 며칠 푹 쉬다 오기 위해 비행기 티켓을 끊고 있을지 모르겠다. 내게 얼마만큼의 시간이 남아 있을까? 그날이 얼마이든, 나는 최대한 많이 떠나 다른 곳에서 머무는 삶을 살 것이다. 한국 여자로 태어났지만, 한국밖에 모르는 채로 죽지는 않을 것이다.

강아지와
함께 사는
삶에 대하여

한 예능 프로그램에서 아주 인상적인 장면을 본 적이 있다. '반려견'을 주제로 패널들이 다양한 대화를 나누다 이런 사연이 소개됐다.

"연애할 때는 강아지를 좋아하는 저를 배려해 참아왔지만, 이제 더이상 참을 수 없다며 개가 우선이냐 자기가 우선이냐고 물어봅니다. 이런 남자와 결혼해도 될까요?"

결혼인지, 반려견인지 선택하라는 남자 때문에 고민인 여성이 보낸 사연이었다. 프로그램의 남성 MC는 이렇게 답했다.

"내가 이 남자를 대변하자면, 강아지가 있으면 애기를 못 가져요. 가정을 이뤄야 하는데, 강아지한테 들어가는 애정하고 아기한테 들어가는 애정이 분산된다니까요."

참 많은 생각이 들게 하는 '대변'이었다는 생각이 들었다. 누군가에겐 수년간 애정을 갖고 길러온 가족이란 존재가 다른 누군가들에겐 그냥 '결혼에 방해되는 짐승'이 된다니, 마치 영영 서로를 이해할 수 없는 사람들의 이야기처럼 보이기까지 했다.

모든 사람이 강아지를 좋아할 수도 없고, 그럴 이유도 없지만 사실 이 사연은 한 꺼풀만 벗겨보면 '강아지'에 대한 사연이 아니다. '연애할 때는 너를 배려해 참아왔지만, 이제 (결혼하기로 한 이상) 더이상 참을 수 없다'는 남성의 말에 그 이유가 숨어 있다. '결혼을 하는 순간 한 개인으로서의 정체성이나 욕구보다는 아내로서의 정체성과 의무가 더 중요해지므로, 너에게 강아지가 아무리 소중했다 하더라도 그것을 포기해야 마땅하다'는 무언의 압력이 첨부된 말이기 때문이다. 한마디로 이 남자와 여자는 결혼 이후의 삶에 대한, 그리고 결혼한 여성의 정체성에 대한 생각의 지점이 완전히 다른 사람들이라는 것이다. 결혼한 여자라면 마땅히 남편을 위해 자신의 것을 양보하거나 포기해야 한다는 생각이, 결혼한 여자에게 아이를 가지는 것은 무엇보다 중요한 가치라는 생각이 이보다 더 고스란히 전시된 장면이 또 있었을까. 그러니 이것은 그저 '반려견을 어떻게 해야 할까요?'라는 문제가 아니라, '결혼에 대한 생각이 다른 이 남자와 어떻게 해야 할까요?'라는 문제로 봐야 했다.

다행히 한 패널이 "이제 우리가 결혼할 거니까, 너가 이것과 이것 중에 선택해라 이렇게 이야기하는 남자가 나중에 가서 아기를 낳으면 어떻게 할 것 같아요? 직장을 포기해라 이러겠죠. 그러니까 이 남자냐, 강아지냐의 문제가 아니라, 이남자가 희생을 요구하는 태도 자체가 문제예요"라고 짚어주긴 했지만, 나는 오랫동안 씁쓸한 기분으로 이 장면을 떠올렸다. 결혼이 주는 제도적, 경제적 안정을 대가로 여성은 얼마나 많이 내어주고 희생해야 한다고 여겨지는 것일까. 그녀는, 결국 사랑하는 반려견을 포기하고 그 남자와의 결혼을 결정했을까.

아빠 엄마 그리고 딸 하나 아들 하나로 이루어진 4인 가족을 진정한 가족의 완성체로 인식하는 견해는 한국사회의 굳건한 믿음 같은 것이다. 제대로 결혼식을 올리고 아이를 둘 정도 낳아야 '가족답다'고 인정하는 사회적 인식이 강하게 자리잡고 있기 때문이다. 통계청 자료에 의하면 2000년에는 15%에 불과했던 1인 가구 비율이 2015년 27% 수준까지 늘었고, 2035년에는 34%에 달할 전망이 되어도 이러한 인식은 좀처럼 바뀌지 않고 있다. 공익광고나 가전제품, 식료품 광고에서 행복한 표정으로 등장하는 거의 모든 사람은 '4인 가족'의 구성원이거나 그럴 것으로 여겨지는 사람들뿐이다. 사회적 인식이 사회적 변화를 미처 따라가지 못하는 모양새이다. '나홀로족' '혼밥족' 등 혼자서 뭔가를 하는 사람들을 여전히 특이한 존재로 이름 붙이고 아직 결혼을 안 한 사람들로 취급하지만, 이미 변화는 도처에서 감지되고 있다.

한국보건사회연구원의 2015년 출산력 조사에 따르면, 미혼 여성 중 결혼을 반드시 해야 한다는 대답을 한 사람은 고작 7.7%에 불과했다. 결혼에 대해 최소한 '하는 편이 좋다'는 긍정적인 의사를 나타낸 여성은 모두 합해 39.7%로 절반에도 미치지 못했다. 결혼을 적극적으로 원하지 않는 여성도, 그러므로 결혼할 여성이 없어 결혼을 택할 수 없는 남성도 늘어날 것임을 유추해볼 수 있는 수치다. 1인 가족은, 다양한 이유로 늘어날 것이고 결혼은 사회적 의무가 아닌 지극히 개인적인 선택의 결과가 될 것이다.

'개가 우선이냐 내가 우선이냐고 묻는 남자를 선택하기 위해 굳이 결혼제도로 들어갈 필요가 없다'고 느끼는 여성들이 많아진다는 것도, 그 '다양한 이유' 중 하나가 될 것이다. 프랑스에서는 법적 혼인서약을 맺는 '결혼', 간단한 서류로 공인을 받는 비혼인제도인 '팍스', 일체의 법적 절차를 필요로 하지 않는 '동거' 등 다양한 제도를 통해 두 성인의 결합이 가능하고, 한부모 가족, 동성커플과 입양자녀 등 다양한 가족의 형태를 끌어안는 정책을 실천한 결과 높은 출생률을 기록중이다. 이것의 사례가 한국에서 현실화되지 않는 이상, 4인 가족을 향한 강박적 관습적 열망이 사라지지 않는 이상, 미래는 부정적인 예측에서 쉽게 벗어날 수 없다.

나는 혼자 산다. 그러니까 나는 통계청 자료 속 27%인 1인 가구에 속하는 사람이다. 어쩌면 세상은 나를 '이혼하고 혼자 사는 여자'로 이름 붙이고 싶어할지 모르겠지만, 내가 내리는 나에 대한 정의는 그런 식의 단어에 머물지 않는다. 나는 1인 가구의 세대주이고, 세 살 된 닥스훈트의 보호자이고, 서른아홉 살의 비혼주의자이다. 결혼제도 안에서 한 개인이 얼마나 많은 자유와 권리를 제한당할 수 있는지 경험했기에 결혼보다는 동거를 선호하는 사람이기도 하다. 4인 가족이라는 준거 기준에 의한다면, 결혼 생각도 아이 생각도 없는 나 같은 여성은 비난받아도 할말이 없는 존재일지 모르겠다.

하지만 그게 뭐 어쨌다는 건가. 나에게 필요하지 않은 제도나 관계를 택해야 할 만큼 아쉬운 게 없는 삶을 살고 있는데. 아침마다 내가 일어나길 기다렸다가 침대 옆에서 꼬리를 흔들며 산책을 가자고 조르는 강아지와 풀 구경 꽃 구경을 하고, 운동하고 돌아오면 함께 닭가슴살과 고구마를 나눠먹으며 식사를 하고, 내가 글 작업을 할 때면 발치에 다가와 조용히 누워 잠을 자는, 이토록 사랑스러운 녀석과 하루를 보내며 작은 행복을 맛본다.

나는 1인 가구의 세대주이자, 강아지의 보호자인 지금의 가족 형태를 좋아하고 아낀다. 내가 돌봐야 하는 따스하고 작은 존재와 매일의 일상을 공유하는 것. 하지만 그 존재를 보살피기 위해 애초부터 나에게 소중했던 것을 굳이 포기하지 않아도 된다는 사실이 나의 일상을 지극히 평화스럽게 유지해주고 있음을 느낀다. 말 못하는 동물 한 마리를 행복하게 해주기 위해 꽤 많은 돈과 정성이 필요하긴 하지만, 나는 강아지에게 내 정성과 희생을 알아주길 기대하지 않으니 우리는 싸울 일도 없고, 그저 행복할 일만 남은 것이다. 가끔 외롭지만 그것을 대가로 얻어지는 고요한 시간이 나는 그저 좋고 감사하다.

혼자 사는 여자가, 자신을 어떻게 정의할 것인가의 문제는 중요하다. 개나 키우며 혼자 사는 여자로 불리기 쉬운 세상에 살고 있지만, 스스로를 그렇게 정의해서는 안 된다. 자기 자신을 가장 또렷한 언어로 정확하게 묘사할 수 있을 때라야. "개야 나야. 얼른 선택해"라고 말하는 남자에게 "너와 나는 다른 사람이구나"라고 힘주어 말할 수 있게 된다. 결혼을 하더라도 마찬가지. 자기 자신의 존재 가치를 어떻게 묘사하고 있는지에 따라, 그 이후의 삶은 결이 달라진다.

다시 한번 내가 쓴 글을 읽어본다. 오늘의 나를 기억하고 기념하기 위해서다.

"나는 1인 가구의 세대주이고, 세 살 된 닥스훈트의 보호자이고, 서른아홉 살의 비혼주의자야. 나는 나야."

나 자신을
사랑한다는 것에
대하여

"자신을 소중하게 생각하지 않는 여자를 소중하게 생각해줄 남자는 없어요."

〈마녀사냥〉에 출연하던 당시에 내가 했던 말이다. 자기가 좋아하는 사람의 마음을 계속 붙잡기 위해 모든 것을 양보하고 자기 자신이 사라져갈 정도로 애를 쓰던 한 여성의 사연에 대해 답하던 중이었다. 그리고 이 말은 사람들에게 강연을 할 때도 수없이 강조했던 말이기도 하다. 나를 사랑하는 것이 우선이 되어야 남도 사랑할 수 있다는 이야기에 많은 이들이 공감해주었던 기억이 난다.

하지만 나를 사랑한다는 것에 대해 강조해 이야기할 때마다 사람들은 내게 다시 물었다. "어떻게 하면 나를 사랑할 수 있나요?"라고 말이다. 그럴 때마다 마음 한 켠에서 늘 작은 혼란이 있었다. 이런저런 이야기로 설명하긴 했지만 나를 사랑한다는 것의 실체를 좀더 뚜렷한 언어로 표현하고 싶었다. 단지 내가 하고 싶은 것이 무엇인지 열심히 생각해서 하나하나 성취해가면 되는 것인가? 나를 사랑하는 사람들을 깊이 생각해보고 그 사람들의 기대에 어긋나지 않게 애쓰면 될까? 모든 결정의 최우선적인 요소에 나 자신의 주관과 감정을 고려하면 되는 것인가? 그 어떤 것을 대입해도 완벽한 대답이 되지 못했다.

그런 혼란이 여러 번 반복되고, 슬슬 지쳐갈 때쯤 나는 해답을 찾기 위해 인도의 한 명상센터로 떠나기로 결심했다. 삶의 지혜에 대한 강의를 듣고, 자신을 비롯한 타인과의 관계 속에서 조화를 이룰 수 있도록 다양한 명상 프로그램을 제공하는 곳으로 일주일 동안의 길고도 짧은 여행을 떠난 것이다. 명상을 하러 인도에 간다는 이야기를 했을 때 주변의 많은 지인들이 '굳이 그 먼 곳까지 가야 하느냐'고 의구심 섞인 잔소리를 했지만, 나는 나름대로 절실한 이유가 있었다. 숱한 책을 읽고, 오랫동안 종교도 가져보았지만 정말 내 마음의 주인이 내가 되었다는 확신을 가져보지 못했기 때문이다. 나름대로 열심히 살아왔고 큰 문제 없이 살고 있는 듯 보이지만, 나는 그 이상을 원했다. 정말 나를 소중히 여긴다는 것의 의미를 찾고 싶었다. 나 말고도 이미 많은 사람들이 그러하듯이.

그리고 일주일간의 여정이 끝난 후, 나는 만족스러운 해답을 안고 한국에 돌아왔다. 그 어떤 책에서도 보지 못했고, 그 어떤 성공한 사람에게서도 들은 적 없던 그런 이야기를 통해, 정말로 나를 사랑하고 내 존재를 타인과의 관계 속에서 조화롭게 만들어가는 방법을 배울 수 있었다. 그리고 나처럼 여전히 '나를 사랑하고 싶지만 그 방법에 대해 늘 궁금했던' 사람들에게 그곳에서 내가 들은 이야기들을 전해주고 싶어졌다.

나를 사랑하는 행위의 가장 기본은 바로 '지금, 여기'에 집중하는 것이다. "나는 언제나 지금, 여기에 있는데?"라고 반문하고 싶은 사람도 있을 것이다. 하지만 정말 우리는 매 순간 '지금, 여기'에 존재하는가? 사랑하는 사람과 함께 있으면서도 각자 스마트폰 화면만 들여다보고 있고, 업무상 미팅을 하는 도중에도 속으로는 부정적인 말들을 떠올리곤 하지 않나. 지금 이 순간을 누릴 수 없는 사람은, 나의 마음에도 귀를 기울일 수 없는 법이다. 또한 나의 마음에 고요히 귀를 기울이고 내적인 평화를 이루는 것이야말로, 지금 이 순간을 온전히 누리고 그로 인해 자신을 사랑하는 일의 기본이 된다고 할 수 있다.

좋은 것을 보았을 때의 그 기쁨과 충만함, 나쁜 것을 경험할 때의 그 힘든 마음을 모두 외면하지 않고 '아, 내가 지금 이렇구나'라고 알아차려주는 행동은 자기 삶을 사랑하고자 하는 사람에게 가장 쉽고도 중요한 습관 그 자체가 된다. 누군가 나를 공격할 때, 그저 상대방을 탓하는 식으로는 문제에서 빠져나올 수 없다. '지금 내가 혼란스럽구나' '내가 지금 분노하고 있구나'라고 그 감정을 관찰자의 입장에서 바라보고 직면할 수 있어야 한다. 감정으로부터 도망치지 않고, 자신의 감정을 바라보는 용기가 자기 사랑의 가장 중요한 조건이 된다.

그리고 만약 지금 사랑하는 연인이 있다면, 이것은 자신을 사랑하는 길로 접어드는 데에 좋은 도움이 되기도, 또 아주 나쁜 방해 요인이 되기도 한다는 것을 기억해야 한다. 문제는 나와 연인과의 관계를 바라보는 우리의 시각이 상당 부분 우리 사회의 오래된 입장으로부터 자유롭기 힘들다는 것이다. 연애를 오래 쉰 여자, 이혼한 여자, 결혼할 짝을 만들지 않고 혼자 사는 여자에 대해 가해지는 사회적 압박은 한국사회에 견고하게 퍼져 있기 때문이다. 내가 좋아하는 이에게 사랑받고 싶다는 정서적 갈망도 갈망이지만, '선택받지 못한 여성'이 되어 '사회적 배제'를 당하고 싶지 않다는 욕구는 연애관계 속에서 여성이 자신감을 잃고 자꾸만 안달하게 되는 존재가 되는 중요한 기제로 작용하는 것이다. '이 사랑이 계속될 수 있을까?' '이 사람이 다른 사람에게 눈 돌리는 것은 아닐까?' '나보다 더 매력적인 사람에게 끌리는 것은 아닐까?' '결혼하자고 하지 않으면 어떻게 하지?' 끊임없는 의심과 부정적인 상상은, 상대방에 대한 신뢰는 점점 사라지게 하고 상대방의 작은 행동에도 끊임없이 천국과 지옥을 오가는 원인이 되어버린다.

나 역시 버려지는 것에 대한 두려움을 떨칠 수 없었기에 상대방을 의심하고 끊임없이 그의 감정을 확인하곤 했다. 하지만 이제는 그런 식으로 사랑하지 않으려 한다. 내가 사랑하는 사람이 나와 함께 성장하고 나와 함께 자유로울 수 있도록 내 마음을 새롭게 다져보고 싶다. 불안과 강박으로는 나를 사랑

하는 마음을 지켜낼 수도, 그와의 관계를 조화롭게 만들 수
도 없다.

　마지막으로, 먼저 삶에 대한 자신의 시각을 새롭게 전환해
야 함을 기억해야 한다. 살면서 우리는 남들과 나를 쉼 없이
비교할지 모른다. 남들보다 잘나고 싶고, 남들보다 날씬하고
싶고, 남들보다 돈을 더 벌고 싶다는 생각이 삶의 동력이 되
는 경우가 비일비재하다. 어렸을 때부터 마치 '만인의 만인에
대한 투쟁'과도 같은 경쟁 구도에 내몰리는 교육 시스템에서
자라나는 한국 사람이라면 더더욱 이런 성향을 가지기 쉽다.
하지만 정말 중요한 것은 남들과의 비교가 아니라 삶에 대한
새로운 시각을 갖는 것이라는 이야기가 인상적이었다. 나, 그
리고 나와 관계를 맺고 있는 사람들의 행복과 성장에 대해 인
지하고 노력하는 삶으로 전환이 일어나야 한다는 것이다. '비
교하는 삶'에서 '비전이 있는 삶'으로의 전환 말이다.
　하루를 분 단위로 쪼개 쓸 만큼 정신없는 하루를 보내고
집에 왔으면서도, 보람이나 행복을 느끼지 못하던 나의 직장
생활 시절이 떠올랐다. 나는 그저 성공한 직장인이 되고 싶었
고, 남들보다 빨리 큰돈을 벌고 싶었고, 남들보다 더 행복하
게 살고 싶다는 생각만 하고 있었는지 모른다. 나의 파트너,
나의 친구들, 내 직장동료와 선후배들이 나와 함께 행복하고
함께 성장하는 것이 중요하다는 생각까지 미치지 못했다. 오
로지 내 마음만 중요하게 생각하는 것이 아니라, 나와 남을

동시에 고려하고 귀하게 여길 수 있을 때 비로소 내 삶의 전환이 일어난다는 말은 오로지 경쟁 구도로 치닫는 우리 사회에도 시사하는 바가 크다.

나를 사랑하라고, 다들 말은 참 쉽게 하지만 이것만큼 쉽지 않은 주제가 없다. 그리고 멀리 인도까지 가서 배우고 돌아온 이런저런 지혜 중에서, 이것만큼은 가장 오랫동안 내 마음에 남을 것 같다. 남을 먼저 배려하고 남에게 사랑받고 남에게 선택받는 것이 여자에게 가능한 최상의 행복이라는 '여자의 행복론'을 마음속에서 완전히 덜어내고 나니, 정말로 세상이 조금은 달리 보이기 시작했기 때문이다.

덧.

명상센터에서 나는 이런 질문을 던졌다.

"나와 생각이 다른 사람과 단절하기보다는 연결성을 가져보려고 하는 태도는 중요하다고 생각합니다. 하지만 부당한 억압과 편견에 대해서 그저 명상만 하고 있을 수는 없습니다. 어떻게 생각하시나요?"

나의 스승은 이렇게 대답했다.

"내적인 평화가 중요하다고 해서 나와 생각이 다른 사람을 만났을 때도 그냥 명상만 하면 된다는 건 아닙니다. 싸워야 할 때는 싸워야죠. 투쟁이 필요하다면 투쟁해야 합니다. 다만 상대방을 망신 주고 굴복시키기 위해 싸우는 것과, 열정과 비

전을 가지고 싸우는 것은 다릅니다. 어떤 마음으로부터 출발
했는가가 중요한 문제입니다. 당신은, 지금 어떤 마음으로 싸
우고 있습니까?"

엄마에게 그동안
하지 못했던
이야기에 대하여

엄마, 엄마에게 이렇게 긴 편지를 쓰는 건 처음이죠? 오래전 부터 쓰고 싶었던 편지를, 이제야 보내요.

엄마에 대한 가장 오래된 기억이 뭘까 생각해봤어요. 아마 내가 네다섯 살 때쯤이었을 거예요. 광명아파트 13동 402호, 내가 기억하는 그 작은 아파트에서 혼자 엄마를 기다리고 있다보면, 해가 질 때쯤 엄마는 지친 표정으로 양손 가득 장 본 물건들을 들고 돌아왔죠. 보고 싶었다거나 오늘 집에서 하도 심심해서 계속 잠만 잤다거나 하는 말들은 할 수 없었어요. 사실 몇 번쯤 말을 걸어봤지만 엄마는 내게 답해주지 않았어요. 눈길도 주지 못했어요. 하루종일 가게에서 일을 하고 돌아오면 그때부터 엄마는 집안일을 해야 했으니까요. 난 서운함을 느꼈고 많이 외로웠지만, 차마 그 마음을 표현할 순 없었어요. 엄마는 언제나 피곤하고 지쳐 보였으니까.

하지만 조금 이상하다는 생각은 했어요. 분명히 엄마와 아빠는 하루종일 같은 가게에서 함께 장사를 하는데, 어째서 집에 돌아오면 아빠는 텔레비전을 보며 쉬고 엄마는 손빨래부터 요리, 설거지, 청소 그리고 할머니를 돌보는 일까지 온갖 집안일을 다 하는 걸까. 그땐 너무 어린 나이였기에 그것이 불공평하다는 생각까지는 하지 못했어요. 다만 엄마는 가게에서도 바쁘고 집에서도 바쁘니까, 엄마는 되게 힘든 거구나 라는 생각만 많이 했던 것 같아요.

중학교, 고등학교에 다닐 때 기억은 어렸을 때보단 조금 더 또렷하게 남아 있어요. 다행히 장사가 잘되어서, 이사를 갈 때마다 방이 하나씩 늘어났던 것을 기억해요. 언니와 방을 함께 써야 했지만, 그래도 내 책상이 생겼다는 사실만으로 기뻤던 학창 시절이었어요. 하지만 가게의 장사가 잘되고 우리집이 제법 먹고살 만해져도, 엄마의 시간은 늘 같았어요. 힘들게 일하고 돌아와 밤에 잠들기 직전까지 집 구석구석 돌아다니며 살림을 도맡아야 하는 그런 시간. 그땐 나도 사춘기였으니까 엄마에게 재잘재잘 뭘 말하려 할 나이도 아니었지만, 그땐 외롭다는 생각 대신 이것이 불공평하다는 생각을 했던 것 같아요. 왜 아빠는 집에 와서 쉬기만 하면서도 늘 무서운 얼굴을 하고 계실까, 왜 엄마는 늘 종종걸음으로 노심초사하며 그런 아빠가 화나지 않도록 긴장하고 계실까.

어쩌면 그때쯤이었을 거예요. 엄마가 행복하지 않겠구나라고 생각한 것 말이에요. 그리고 나도 엄마처럼 여자니까, 행복하지 않겠구나라고 생각한 것도.

엄마, 나는 궁금해요. 엄마는 여자로서 행복했나요? 스무 살 언저리에 첫아이를 낳고, 서른도 되기 전에 이미 세 아이의 엄마였던 엄마의 삶은 어땠나요? 깨어 있는 시간의 절반은 가게에서 보내고, 나머지 절반은 숨이 턱에 차도록 집안일을 하던 엄마는 삶을 원망해본 적이 없나요? 너무 어려서 집안일을 제대로 도울 줄도 모르던 내가 원망스럽진 않았어요? 여덟 살 때쯤, 엄마를 따라갔던 동네 교회의 부흥회에서 엄마가 큰 소리로 기도를 하며 눈물을 쏟던 그날 오후가 가끔 생각나요. 어렸을 때 교회는 내게 흥겨운 찬송가를 가르쳐주고 맛있는 간식을 주던 좋은 곳이었는데, 엄마가 그곳에서 그렇게 펑펑 우는 모습이 난 너무도 이해되지 않았고 또 조금은 무서웠거든요. 엄마와 함께 가게로 돌아오던 길목에서, 엄마는 눈물을 멈추지 못하고 마치 애들처럼 울었었죠. 나는 그때 고작 여덟 살이었지만, 엄마의 눈물에 내 탓도 좀 들어 있는 것 같아 어쩐지 몸 둘 바를 몰랐었던 기억도 나요. 엄마, 엄마는 얼마나 많은 울음을 가슴에 품고 살았나요. 요즘도 여전히 자주 우는데, 이젠 같이 살지 않아 그저 내가 모르는 것은 아닌가요.

왜 더 빨리 깨닫지 못했을까요. 엄마도 꿈이 있고 자유를 갈망하는 한 여자라는 걸. 엄마는, 엄마이기 전에 그저 행복할 권리가 있는 한 명의 개인이라는 걸. 그리고 왜 나는 더 빨리 알지 못했을까요. 엄마의 그 끝없던 노동은 한 번도 제대로 평가받지 못했고 오히려 늘 당연하고 보잘것없는 것으로 평가절하당했다는 걸. 그렇게까지 자신의 삶을 송두리째 가족을 위해 내어주는 희생이 당연하게 여겨져서는 안 되었다는 것을요. 몇 달 전에 갑자기, "몸에 서리가 내려앉은 기분이 들어"라고 슬픈 표정으로 말하던 엄마를 보면서 마음이 쿵하고 내려앉았던 건, 단지 엄마가 이제 늙으셨구나라는 생각이 들어서만은 아니었어요. 엄마의 당연한 듯 여겨졌던 희생과 포기와 슈퍼우먼처럼 몸이 부서져라 일했던 시간들을 어떤 식으로든 보상받을 시간이 그만큼 적게 남아 있는 것이구나라는 생각까지 이어져서였을 거예요.

엄마, 나는 그저 엄마에게 미안해요. 나의 커리어적 성공과 많은 결과물들이, 그리고 여성으로서의 또렷한 자각과 의식들조차 모두 엄마의 세월과 엄마의 노력이 있었기에 가능했던 것이라서 고맙고 미안해요. 엄마가 힘겨워할 때마다 '엄마는 그냥 이혼하시면 될걸, 왜 이 삶을 굳이 감당하려고 할까?' 하는 생각밖에 못했던 나여서 미안해요. 같은 여성으로서, 더 많이 마음을 나누지 못해서, 그래서 미안해요.

엄마의 관심을 간절히 원하던 그 외롭던 막내딸은, 이제 내년이면 마흔 살이 돼요. 엄마 눈엔 여전히 애처럼 보이겠지만. 그래서 헤어질 때마다 현미밥 챙겨먹어라, 운전할 때 다른 차들 조심해라, 늘 똑같은 이야기를 하시는 거겠지만. 그 어리던 막내는, 눈코 뜰 새 없이 가게 일을 하고, 집안일을 하고, 삼남매와 시어머니까지 보살펴야 했던 그때 엄마의 나이가 되었다고요. 엄마와 내가 다른 점이 있다면, 나는 딸린 식구라고는 작은 강아지 한 마리뿐이라는 거겠죠. 매일같이 밥을 해 한 상 차리거나 또 설거지를 할 필요 없이 오직 나만 신경쓰면 되는 삶을 살고 있으니까요.

아무리 좋은 사람이 생기더라도, 이제 결혼은 절대 하지 말라던 엄마의 충고는 잊지 않고 있어요. 누군가의 아내가 되고 엄마가 되는 순간, 또 누군가의 며느리가 되는 순간, 많은 것을 포기해야 하고 그것이 당연한 일이 되어버리는 세계로 들어가는 것을 바라지 않기 때문이겠죠. 그리고 엄마가 그래야 했던 시간들과 지금의 모습이 크게 달라지지 않았다는 사실을 누구보다 엄마가 또렷하게 잘 알기 때문이겠죠. 엄마가 감당해야 했던 시간이, 막내딸에게 고스란히 이어지는 것을 보고 싶지 않아서겠죠. 그 맘, 충분히 알고 있어요.

다만 세상은 조금씩 달라지고 있다는 것을 말씀드리고 싶어요. 엄마 세대의 희생과 노동으로 일궈낸 그 가정에서 자라난 많은 딸들이, 엄마처럼 살지는 않겠다고 자각하기 시작했으니까요. 여자로서의 행복을 새롭게 정의하기 시작했으니까요. 관습이 가리키는 대로 살아가는 것이 정답이 아니라는 것을 깨닫기 시작했으니까요. 저는 그것이 바로 저희 세대가 이 시간을 관통하는 방식이고, 엄마 세대에게 존중을 표현하는 방식이라고 생각하고 있어요. 어떻게 해도 변하지 않는 부분도 분명 존재할 것이지만, 어떻게 해서든 바꾸고 싶은 것이 있다면 그것을 위해 깊은 노력을 다하는 삶을 살아보고 싶어요. 삶의 매순간에 온 힘을 바쳐 살아왔던 엄마를 바라보면서, 나는 그런 노력이 귀하다는 것을 배웠으니까요.

엄마, 몸에 좋은 음식 잘 챙겨드시고 운동도 적당히 하시며 지내세요. 조금씩 바뀌어가는 세상을, 이 땅의 딸들과 함께 흐뭇하게 바라보실 수 있도록.

또 연락할게요.

편견도 두려움도 없이

한국에서 여자로 살아간다는 것에 대하여

1판 1쇄 발행 2016년 11월 22일
1판 4쇄 발행 2019년 7월 17일

지은이 곽정은

편집 이희숙 박선주 **모니터링** 이희연
디자인 이현정
마케팅 최향모 이지민
홍보 김희숙 김상만
제작 강신은 김동욱 임현식

펴낸이 이병률
펴낸곳 달 출판사
출판등록 2009년 5월 26일 제406-2009-000034호
주소 10881 경기도 파주시 회동길 455-3
전자우편 dal@munhak.com
페이스북 /dalpublishers
트위터 @dalpublishers
인스타그램 dalpublishers
전화번호 031-8071-8682(편집) 031-8071-8670(마케팅)
팩스 031-8071-8672

ISBN 979-11-5816-048-7 03810